LABYRINTHES

GW01066156

Né en 1966, Patrick Weber est bruxellois. Passionné de peinture, il a suivi des études d'histoire de l'art et d'archéologie, avant de se tourner vers le journalisme. Collaborateur pendant plusieurs années de journaux français et belges, il devient rédacteur en chef de *Media marketing* en 1994, puis de *Flair l'Hebdo,* en 1997, et enfin de *Télé Moustique* en 1999. Outre les romans, il publie également des ouvrages historiques comme *Le Guide de la Belgique royale* et *Élisabeth de Belgique, l'autre Sissi.*

Du même auteur,
dans la même collection :

LA VIERGE DE BRUGES

DES OMBRES SUR ALEXANDRIE

Patrick Weber

L'ANGE DE FLORENCE

Librairie des Champs-Élysées

© Patrick Weber et L.C.E.-Hachette Livre, 2000.

Tous droits de traduction, reproduction, adaptation, représentation réservés pour tous pays.

À Robert, en souvenir de la découverte de Florence, à l'ombre des jardins de Boboli.

À Yannic pour son soutien, parfois trop indulgent mais toujours réconfortant.

Personnages historiques

LEONARDO DA VINCI : né en 1452 et mort en 1519. Il effectua son apprentissage d'artiste complet à Florence avant de partir pour Milan, Rome, et la France où il finira ses jours à la cour de François Ier.

ANDREA DI CIONE, DIT IL VERROCCHIO : né en 1435 et mort en 1488. Artiste particulièrement réputé pour son orfèvrerie, actif à Florence. Il fut le maître de Leonardo da Vinci et influença le jeune Michelangelo (Michel-Ange).

Personnages romanesques

PIETER LINDEN : jeune Brugeois ayant commencé son apprentissage dans l'atelier de Memling et résidant à Florence, dans l'atelier de Verrocchio où il poursuit sa formation.

LEONARDO : homme d'armes florentin, ami de Pieter. Ancien homme de confiance de Lorenzo Rienzi. Depuis la mort de celui-ci, il est au service de son père, le banquier Fernando Rienzi.

ANTONIO TORRI : *condottiere* napolitain au service du *procuratore* Adriano Colpa.

JACOPO : riche fermier des environs de Florence.

MARIA SANGUETTA : jeune fille travaillant dans l'office d'un apothicaire de Florence, petite-fille d'une femme vivant dans la forêt et réputée pour ses activités de sorcière.

ADRIANO COLPA : procureur de la ville.

UMBERTO TALLIO : dit Milano, élève de Verrocchio, originaire de Milan.

PICCOLO : nain et homme à tout faire d'Adriano Colpa.

1

Jamais encore la piazza della Signoria ne m'avait parue aussi grande, et plus noire de monde. Une sensation d'étouffement réveillait en moi des souvenirs d'enfance, lorsque j'observais près de chez ma grand-mère les nuées d'abeilles qui se pressaient, dans un bourdonnement assourdissant, pour pénétrer dans la ruche. Ici, l'encombrement semblait n'obéir à aucune logique. Il répondait pourtant à une exigence primordiale : le bien du groupe. Tant pis s'il fallait en passer par une débauche de vacarme et, surtout, par la souffrance des plus faibles : l'individu n'avait plus sa place ; il en allait de la survie du peuple tout entier.

Les soldats éprouvaient les plus grandes difficultés à se frayer un chemin pour me conduire jusqu'à ma destination finale. Un vieil homme au regard empli de haine me proféra une insulte dans une langue inconnue. Quelques pas plus loin, une femme aux dents jaunies me cracha au visage, déclenchant l'hilarité de ses amies qui n'auraient manqué le spectacle pour rien au monde. Étrangement, je n'éprouvais aucun ressentiment envers tous ces gens venus me voir mourir. Si telle était la loi, il fallait bien m'y résigner... Je pensai avec tendresse à mon père qui s'était toujours montré bon pour moi. Un respectable notaire aurait pu ne pas éprouver tant de scrupules, après avoir engrossé une pauvre paysanne. C'était pourtant lui qui m'avait donné accès à ce monde merveilleux dont je rêvais de découvrir tous les mystères, de dépeindre toutes les beautés. Une existence entière ne m'aurait jamais suffi pour aller au bout de ce que je voulais entreprendre. Et voilà qu'à présent, on allait m'ôter cette vie précieuse pour me faire expier mon crime de manière exemplaire. La fin approchait...

Soudain, tout se mit à tourbillonner dans mon esprit. Le visage innocent d'un jeune garçon, couronné de boucles brunes ; l'expression grave des soldats qui me menaient au supplice ; les insultes de la foule ivre de violence ; le sourire apaisant d'une mère ; la grimace méprisante d'un gamin ; l'ange serein bénissant le baptême du Christ ; les nuits passées à l'atelier, à refaire l'art et le monde. Bon Dieu ! Pourquoi devrais-je payer un crime que je n'avais pas commis ? Tout cela ne valait plus la peine d'être remâché. Il était trop tard. La chaleur toute proche n'avait rien de réconfortant. Bientôt, les pointes acérées et cruelles des flammes viendraient pénétrer ma peau, dévorer ma chair, bouillir mon sang.

Santa Maria ! Madre de Dio !... Je ne veux pas mourir. Pas encore !

Je rêvais de me débattre, de m'enfuir, m'envolant dans cette drôle de machine dont l'idée m'était venue en observant un jour les feuilles tomber des arbres. Mais derrière moi, le soldat casqué, obéissant aux ordres, ne me laissait pas ralentir le pas. Il pointa sa lance entre mes omoplates et me poussa vers le bûcher. De la foule jaillit une ample rumeur de satisfaction, qui déferla bien vite sur toute la place. À la vitesse d'un éclair balafrant une nuit d'orage, je basculai dans les flammes en poussant un cri désespéré, qui ne relevait déjà plus de la vie. Il était né des ténèbres dans lesquelles je plongeais, sans espoir de salut. Aaaaahh !!!

L'homme se redressa, en sueur. Il ouvrit grands les yeux et fixa le décor familier de sa chambre. Cette vision aurait dû l'apaiser, mais ce ne fut pas le cas. Il se prit la tête entre les mains et maudit ce satané cauchemar qui venait hanter toutes ses nuits. Quel était ce démon assez cruel pour s'amuser à harceler sans répit les innocents qui n'aspiraient qu'à la paix et au bonheur ? Lentement, l'homme se mit à sangloter. Seul dans la nuit.

2

Quel enfer !

La piazza della Signoria se trouvait à ce point encombrée par les marchands y ayant disposé leurs étals de manière désordonnée, et par le manège incessant des badauds, qu'il était quasiment impossible de s'y frayer un chemin. Deux vendeurs de poissons menaçaient d'en venir aux mains, tant ils avaient à cœur de vanter la qualité de leurs produits à une pauvre vieille qui ne savait plus où donner de la tête. Ils déployaient leurs arguments en haussant de plus en plus le ton, jusqu'au moment où la cliente leur cloua le bec en leur déclarant qu'elle se contenterait finalement d'un bon poulet chez le marchand de volailles. Médusés, les deux poissonniers interrompirent leur querelle en arborant la mine d'une carpe tout juste sortie de l'eau...

Pieter avait ralenti le pas pour suivre toute la scène. Il sourit. Cela faisait déjà presque un an qu'il avait quitté sa Bruges natale et l'atelier de Memling pour venir vivre à Florence. Il s'était accoutumé à ces petits épisodes de la vie quotidienne qui faisaient tout le charme de la fière cité toscane sur l'Arno. Pour l'homme du Nord qu'il était, la découverte de l'Italie avait constitué une véritable révélation. Le soleil, la cuisine, le sourire généreux des femmes de la région et la qualité de ses artistes, tout le fascinait. Il regrettait seulement de n'avoir pas réussi à se faire passer pour Florentin, en dépit de tous ses efforts. Combien de fois n'avait-il pas eu à subir de petites moqueries sur ses manières « barbares », son manque de connaissance des nouvelles techniques artistiques et, surtout, son abominable accent flamand ? Néanmoins, il ne désespérait pas de devenir un jour, lui aussi, un vrai fils de l'Arno.

Sur la recommandation de Memling, son maître brugeois, il avait été engagé en qualité d'apprenti dans l'atelier du grand Verrocchio. L'artiste avait dépassé la quarantaine, et atteignait alors le sommet de son art. Les talents les plus prometteurs, de Vinci à Botticelli, en passant par Ghirlandaio, avaient travaillé dans sa *bottega,* son grand atelier de la via dell'Agnolo. Passé maître dans l'art de l'orfèvrerie, de la sculpture et – dans une moindre mesure – de la peinture, Verrocchio se révélait aussi un homme d'affaires avisé, pouvant se vanter de posséder un carnet de commandes toujours rempli. Petites madones peintes, grands groupes de bronze, objets d'art raffinés... Les clients n'avaient qu'à faire appel à lui pour voir leurs souhaits exaucés. L'artiste avait vu d'un bon œil l'arrivée d'un jeune apprenti peu exigeant et non dénué de talent, qui suivait sa propre inspiration. Apparemment satisfait de sa nouvelle recrue, il avait été jusqu'à lui proposer de loger chez lui, dans une petite chambre sous les combles. Pieter avait accepté avec enthousiasme, saisissant cette occasion pour acquérir un peu d'indépendance et ne plus constituer une charge pour son ami Leonardo, avec lequel il avait effectué le long voyage depuis Bruges. En fait, tout aurait été pour le mieux, si l'activité de Verrocchio ne s'était révélée si florissante, laissant à peine le temps à Pieter de souffler et de profiter de la belle campagne toscane. Telle était la dure loi des artistes connaissant le succès : rien ne justifiait d'entraver la bonne marche des affaires !

Le jeune homme se hâta d'acheter les pigments pour l'atelier, et courut dans les rues pour rejoindre l'élégante demeure de son maître. Se sentant coupable d'avoir perdu du temps au marché, il essaya de se montrer le plus discret possible pour ne pas éveiller l'attention.

– Ha ! te voilà enfin, toi !

Pieter Linden sursauta en entendant l'exclamation de Verrocchio. Son cœur s'emballa, mais il se rassura bien vite en constatant que ce ton de reproche ne lui était pas destiné. Son maître se tenait dans la pièce d'apparat. Il lui tournait le dos et venait d'accueillir un visiteur.

– Allez, Vinci, tu me dois bien ça ! Tu sais combien cette commande est importante pour moi.

L'homme avec lequel Verrocchio discutait n'était autre que le jeune Leonardo, un artiste extraordinairement doué. Originaire de Vinci, il avait longtemps travaillé dans ces murs avant de voler de ses propres ailes. Pour l'heure, il semblait plutôt gêné...

– Je te suis reconnaissant pour tout ce que tu as fait pour moi, bien sûr, mais tu vois, j'aimerais à présent travailler à mon compte. Et poser pour toi ne constitue sûrement pas la meilleure manière de me faire connaître !

Verrocchio se servit une coupe de vin et la porta à ses lèvres, avant de laisser fuser un rire sonore.

– La vérité, mon petit Vinci, c'est que tu voudrais à la fois te faire connaître et te faire oublier... Tu te montres bien exigeant ! Songe que cette commande m'a été faite par le seigneur Laurent en personne. Réfléchis. Si la sculpture lui plaît, tu ne pourras qu'en tirer le bénéfice.

Leonardo ne répondit pas. Pieter ne pouvait l'apercevoir de l'endroit où il se trouvait, mais il devina qu'il devait triturer ses longues boucles blondes, comme à chaque fois qu'il était plongé dans ses réflexions.

– Rien ne sert d'aller à l'encontre de la nature, Vinci. La faute ne t'en revient pas, si tu es aussi beau. Grand, fin et musclé à la fois, avec des cheveux d'ange et ce regard perçant comme la pointe d'une dague... Tu feras le plus beau des David. Tu dois absolument poser pour moi !

C'était donc cela... Pieter avait vaguement entendu que Verrocchio attendait une commande importante, mais il était loin de se douter que Laurent de Médicis en personne lui avait commandé une statue de David. Il comprenait fort bien que l'artiste ait songé à Vinci – dont la beauté était proverbiale – pour incarner cette figure de légende. Celui-ci semblait toutefois beaucoup moins convaincu...

– Pardonne-moi, je ne puis encore te donner ma réponse. Les événements récents m'ont durement affecté, et je viens encore de passer une mauvaise nuit.

– Ces cauchemars finiront par disparaître comme ils sont venus. Mais ne tarde pas trop à me donner ta réponse, car il me faudra bientôt commencer à travailler. J'ai besoin de toi, je te le rappelle !

Pieter eut juste le temps de se dissimuler dans le renfoncement d'une porte pour ne pas être surpris par Vinci. Celui-ci quitta la maison, l'air préoccupé.

3

– Crois-moi, *signor condottiere*, nous vivons vraiment une époque maudite. Jamais, de mon temps, on n'aurait vu de pareilles diableries.

Malgré son grand âge, Jacopo le fermier avait conservé le pas alerte des hommes qui se lèvent avec le soleil et qui, la journée durant, arpentent leurs champs. Pour un peu, le *condottiere* Antonio Torri aurait même éprouvé quelque peine à le suivre. Il était encore tôt. Plus que tout autre, le mercenaire aimait cette heure du jour où la campagne toscane s'éveille. S'il vivait depuis dix longues années à Florence, il n'avait jamais réussi à oublier sa Naples natale. Hélas ! le Sud était pauvre. Un homme de sa trempe devait trouver ailleurs des maîtres fortunés pour mettre sa force à leur service. Il lui avait fallu choisir, et ce fut Florence. Il aurait pu s'agir de Milan ou de Venise, mais il faut parfois prendre des décisions, même si elles laissent dans la bouche un arrière-goût d'insatisfaction, tel un plat recelant trop d'amertume. Au moins connaissait-il la satisfaction de se promener de temps à autre dans la campagne toscane. Elle ressuscitait en lui des souvenirs d enfance, quand il jouait avec ses amis dans l'arrière-pays napolitain. Un nouveau grognement de Jacopo le tira brusquement de ses pensées.

– Ouais ! voilà, on arrive ! Je te préviens, c'est pas joli à voir.

Torri fit un signe de tête pour signifier au vieil homme qu'il en avait vu d'autres.

– J'espère bien que cette histoire ne me causera pas de problème... J'ai assez de soucis avec mes trois bons à rien de fils. C'est à moi de tout faire, ici. Je ne veux pas être tenu pour responsable des mauvais coups commis sur mes terres par des étrangers.

En bordure d'une vaste oliveraie se trouvait une petite cabane comme en construisent les paysans pour y entreposer leurs outils et quelques effets destinés aux travaux des champs. Le vieil homme tourna la clé dans un cadenas et poussa la porte vermoulue. Une lumière généreuse inonda l'intérieur. Une échelle douteuse menait à une réserve où était entreposée de la paille séchée. Torri gravit les quelques montants et dut se rendre à l'évidence : Jacopo n'avait pas exagéré en lui faisant la description minutieuse de sa macabre découverte. Un très jeune homme gisait inanimé dans la paille, entièrement dévêtu. Sur son corps, nulle trace de coup, aucun indice de mauvais traitement... à l'exception d'une large entaille qui lui barrait la gorge de part en part. Le malheureux avait perdu beaucoup de son sang, qui avait séché sur la paille. Torri en déduisit que le meurtre devait peut-être remonter à un ou deux jours. Très agité, Jacopo rompit le silence :

– J'espère que tu vas vite m'en débarrasser. Ce n'est pas le travail qui manque, et j'ai besoin de cette cabane pour y entreposer mes olives.

Estimant s'être montré suffisamment patient jusqu'ici, Torri feignit ne pas avoir entendu cette dernière remarque. Il adopta la pose la plus martiale pour interroger Jacopo.

– Quand as-tu découvert le corps, et depuis combien de temps n'étais-tu pas venu ici ? Réponds-moi avec précision, il en va de ton intérêt.

Aussitôt, les rôles s'inversèrent. Le vieux paysan se fit docile et respectueux face à l'homme d'armes.

– Je te l'ai dit, *signor condottiere*. Je l'ai trouvé ce matin, à l'aube. Tu le sais, un paysan doit se lever tôt, s'il veut accomplir toutes les tâches dans sa ferme. (Il exhiba ses mains cagneuses comme des titres de gloire, pour insister encore davantage sur la rudesse de sa vie.) Cela faisait bien une semaine que je n'étais plus venu ici. Que veux-tu, je n'ai pas toujours le temps, et puis il a bien fallu que je m'occupe des chèvres. Ah ! si mes fils pouvaient m'aider un peu plus, les choses deviendraient plus simples...

Torri restait songeur. Malgré l'aspect vétuste de la cabane, la porte en demeurait toujours fermée, et il ne distinguait aucune ouverture permettant d'y pénétrer autrement. Or le vieux Jacopo lui avait assuré qu'il était le seul à posséder la clé, et qu'il la gardait toujours avec lui.

Le mercenaire examina ensuite le cadavre. Sa nudité rendait difficile la quête des indices. Comment identifier le corps d'un jeune inconnu totalement nu, abandonné dans une vieille cabane ? Torri déduisit de la finesse de ses traits qu'il devait avoir tout au plus 16 ans. Il songea qu'il s'agissait peut-être du fils d'une famille en vue, auquel cas on ne manquerait pas de lui signaler sa disparition. Encore fallait-il qu'il soit Florentin...

– Sois remercié pour ton aide, vieil homme. Je veillerai personnellement à ce qu'on te débarrasse au plus vite du corps.

– Que la Sainte Madonne te comble de bienfaits, *signor condottierre* ! Puis-je également espérer que tu n'ébruiteras pas trop cette regrettable affaire ? Les voisins sont tellement médisants, de nos jours...

Torri sourit au vieux renard.

– Hélas ! sur ce chapitre, je crains de ne pouvoir accéder à ta demande. Selon toute vraisemblance, un meurtre a été commis sur tes terres. Il me faudra interroger les gens de ta maison, ainsi que tes voisins les plus proches.

Le paysan se mit à sangloter bruyamment, en joignant les mains dans un signe de prière.

– Puisque je te dis que nous n'avons rien à voir dans cette triste histoire ! Tu le sais, nous ne sommes que d'honnêtes paysans, sans beaucoup de ressources...

Les lamentations de Jacopo se poursuivaient encore lorsque Torri quitta l'oliveraie. Dans le lointain, il contempla Florence et son dôme, né du génie créateur de Brunelleschi. À cette distance, la ville étincelait tel un joyau émergeant de la brume légère. Torri songea une fois de plus combien la blancheur et l'élégance de la riche cité pouvaient dissimuler les crimes les plus vils. Ainsi en était-il aussi des œuvres de petits maîtres : il suffisait de gratter un peu le vernis trop brillant pour révéler toutes les lacunes de leur art.

4

Visiblement, sa discussion avec Vinci avait sérieusement contrarié Verrocchio. C'est en tout cas ce que se dit Pieter Linden, pour se rassurer, quand il eut à subir une foule de reproches de son maître venu inspecter le travail de ses apprentis dans l'atelier. Rien ne trouvait grâce à ses yeux dans la copie du *Baptême du Christ* sur laquelle le jeune homme travaillait : manque de précision des contours, raideur de l'ange, naïveté des personnages. Suprême grief de la part d'un artiste florentin, il alla jusqu'à lui reprocher de ne pas s'affranchir de la manière ancienne – selon laquelle les artistes du Nord travaillaient encore. Pieter préféra ne pas réagir, et fut soulagé de constater que les autres faisaient également les frais de la mauvaise humeur du maître. Aujourd'hui, pas question de séances de luth pendant les pauses ; l'ambiance était lourde dans l'atelier, et la journée sembla à tous bien longue. Alors que d'ordinaire, chacun prenait le temps de raconter les dernières histoires qui couraient en ville, cette fois, nul ne prit le risque d'ouvrir la bouche. Lorsque le moment fut venu de laisser son ouvrage et de ranger ses pinceaux, Pieter ne se fit pas prier. Afin de rendre service et de détendre un peu l'atmosphère, il proposa à ses compagnons d'aller laver lui-même tous les pinceaux dehors. Trop heureux de se décharger sur lui de cette corvée, ils le remercièrent et quittèrent rapidement l'atelier. Pieter rassembla tous les pinceaux et se dirigea vers la cour. Celle-ci jouxtait un élégant petit jardin où, de temps à autre, il aimait venir quérir un peu de fraîcheur. Tandis qu'il s'attelait à sa besogne en chantonnant une vieille chanson flamande pour se donner du cœur à l'ouvrage, il vit une silhouette sortir précipitamment de la maison.

– Hé, Vinci ! Où cours-tu si vite ?

Le visiteur se retourna et, en un éclair, son expression passa de la gravité au sourire.

– Ah ! Pieter, je suis content de te voir.

– Pourtant, tu m'as l'air bien préoccupé.

Vinci passa la main dans sa longue tignasse blonde et soupira.

– C'est que... je crois que Verrocchio m'en veut.

Pieter abandonna ses pinceaux et se releva.

– T'en vouloir ! Mais pourquoi ?

– Disons qu'il m'a demandé de lui rendre un service, et que j'ai refusé.

Tout en ressentant un peu de honte à l'idée de dissimuler ce qu'il savait déjà, le Brugeois préféra jouer la carte de la naïveté jusqu'au bout.

– De quel service veux-tu parler ?

– Il souhaitait que je pose comme modèle pour le David. Tu sais, celui que lui a commandé le seigneur Laurent. Je n'en ai aucunement l'intention.

Pieter prit un air étonné.

– Et alors, tu es libre, non ? Tu ne fais plus

partie de l'atelier, et nul ne peut t'imposer quoi que ce soit.

Vinci semblait songeur. Il parut hésiter à répondre, puis :

– La situation n'est pas si simple que tu ne le penses. Tu sais à quel point je lui suis redevable. Sans son appui, j'aurais pu connaître de très gros problèmes, alors que tous s'acharnaient contre moi.

Pieter se sentit rougir, ne sachant plus très bien quelle attitude adopter. Bien sûr, il avait eu connaissance de l'affaire Saltarelli. Au cours des derniers mois, toute la ville n'avait d'ailleurs parlé que de cela. Vinci avait fait l'objet d'une dénonciation dans une sombre affaire de sodomie. Déposé dans un *tambuso,* un tambour du palazzo Vecchio, un écrit anonyme avait accusé l'artiste d'avoir commis le crime de Sodome sur la personne d'un jeune modèle de l'atelier de Verrocchio, nommé Jacopo Saltarelli. Mis en cause avec trois de ses condisciples, Vinci avait éprouvé beaucoup de peine à prouver son innocence. Finalement, grâce à l'intervention des membres de la famille des autres accusés, et de Verrocchio lui-même, il avait bénéficié de l'acquittement sous réserve de non-récidive. L'affaire ayant nui à sa réputation, il avait préféré quitter l'atelier de son maître pour voler désormais de ses propres ailes.

– Ne fais pas l'innocent, tout le monde connaît cette affaire, ajouta Vinci.

– Peut-être, répondit Pieter, mais elle est à présent oubliée. Tu dois songer à l'avenir et ne plus ressasser toutes ces vieilles histoires.

– Le passé ne s'efface pas comme un tracé raté dans un dessin préparatoire. N'oublie pas que je suis libre sous réserve de bonne conduite. Surtout, je connais le montant de ma dette à l'égard de Verrocchio. (Vinci apparut songeur, avant d'ajouter :) Tu comprends pourquoi il m'en coûte de lui refuser ce service.

L'artiste serra énergiquement la main de Pieter et quitta la cour. Le Brugeois ne ressentait plus aucune envie de laver les pinceaux. Il tenait en haute estime à la fois Vinci et Verrocchio. Il aurait voulu les aider tous les deux, mais ne savait comment s'y prendre. Pas encore, du moins.

5

S'il était parvenu à se faire quelques connaissances depuis son arrivée dans la ville, Pieter restait un étranger aux yeux des Florentins. Il ne pouvait compter que sur un seul ami véritable : Leonardo. L'homme qu'il avait choisi de suivre depuis les rives de l'Escaut jusqu'à celles de l'Arno ; l'ancien serviteur dévoué du flamboyant Lorenzo Rienzi, lequel avait perdu la vie en tentant de retrouver son aimée ; Leonardo, qui servait à présent le puissant banquier Fernando Rienzi, le père de son ancien maître. Chaque fois qu'il se sentait peu sûr de lui, ou qu'il craignait de ne pas suffisamment maîtriser toutes les subtilités des usages florentins, Pieter faisait appel à lui. À aucun moment, son ami n'avait trahi sa confiance. L'apprenti lui était également reconnaissant de ne s'être jamais moqué de son accent flamand, ni de sa manière de boire un verre de vin comme s'il vidait une chope de bière.

Ces dernières semaines, les rencontres entre les deux amis s'étaient pourtant faites moins fréquentes. Leonardo gardait le secret, mais à un certain parfum de femme, Pieter s'expliquait cet éloignement. Il avait même mené sa petite enquête pour en savoir plus. La belle se nommait Maria Sanguetta, et venait de fêter ses dix-sept printemps. Un âge où la femme commence à fleurir, faisant oublier la petite fille qui, hier encore, jouait à la poupée. Sa beauté était réputée dans tous les quartiers de la ville. Les hommes vantaient sa taille fine, ses cheveux noir corbeau et, surtout, ses yeux verts comme le citron avant qu'il ne mûrisse. Orpheline, Maria subvenait à ses besoins en assistant un apothicaire renommé dans toute la région pour l'excellence de ses décoctions. En vérité, le tableau aurait semblé bien idyllique, s'il n'avait plané quelques histoires étranges sur le compte de la belle. Les collègues de Pieter à l'atelier s'étaient fait un plaisir de lui raconter avec force détails tous les ragots qui couraient à son propos. On chuchotait qu'elle était la petite-fille d'une vieille folle, sorcière à ses heures ; que la bonne femme vivait dans les bois et ne se rendait jamais en ville ; que Maria allait régulièrement lui rendre visite, et que la harpie en profitait pour lui remettre les sorts qu'elle destinait à ses ennemis vivant à Florence. Pieter connaissait bien toutes ces histoires de sorcières. Il gardait en mémoire les récits de sa mère quand il était petit. Estimant que la crédulité des hommes n'avait pas de frontières, il préférait ne pas colporter ces racontars à son ami.

Comme il l'avait espéré, Leonardo se trouvait bel et bien dans la cour de la prestigieuse demeure des Rienzi. À cette heure du jour, le soldat pouvait s'exercer au maniement des armes sans trop souffrir des assauts du soleil. Sa longue silhouette d'anguille se tendit et se détendit comme l'éclair déchirant le ciel, tandis qu'il parait d'un preste coup d'épée l'attaque d'un ennemi imaginaire.

– Joli coup, Leonardo ! Je constate que tu ne perds pas la main...

Son ami interrompit son entraînement et passa sa manche sur son front pour en éponger la sueur.

– Ho ! Pieter, quelle bonne surprise ! Je suis heureux que tu sois passé. Nous ne nous voyons pas assez souvent, ces temps-ci.

Leonardo rangea son épée et abandonna son partenaire invisible pour aller s'asseoir sur un banc de marbre, au fond de la cour.

– Allez, viens, le Brugeois ! Laisse-moi t'offrir un verre de cet excellent vin de Toscane. Il vaut toutes les bières de Flandre, et du monde entier !

Pieter n'opposa aucune objection. Il lui fallait bien reconnaître que depuis qu'il avait goûté au vin de la région, il avait été conquis par ses bienfaits. Plus d'une fois, d'ailleurs, il n'avait su s'arrêter à temps, se laissant griser par le démon de l'ivresse.

– Volontiers, cela me fera oublier quelque peu ma triste journée.

– Holà ! tu m'inquiètes... Les choses ne se passent-elles pas bien, dans le prestigieux atelier du *signor* Verrocchio ? À moins que tu n'aies perdu la main ? Méfie-toi, il est des effets pervers de notre divin nectar que tu ne connais pas encore...

Les deux amis partirent d'un grand éclat de

rire qui emplit la cour du palazzo Rienzi. Pieter but son verre d'une seule gorgée, et entreprit de raconter sa journée à Leonardo : la mauvaise humeur de son maître et, surtout, la visite de Vinci, ses doutes, son refus de poser pour le David destiné à Laurent de Médicis.

– *Madre Dio* ! Ton histoire me semble bien compliquée, mais pas très grave. Il paraît normal que Vinci se sente mal à l'aise, après ce qu'il a vécu. Il a raison de vouloir prendre son indépendance, et puis dans cette ville, il y a assez de gueules d'ange qui seront très heureuses de poser pour Verrocchio.

Pieter réfléchit un peu en fronçant les sourcils.

– Si je te comprends bien, tu penses que je ne dois rien faire.

– Oui, laisse-les se débrouiller. Après tout, cette histoire ne te concerne en rien.

Jugeant l'avis sensé, le Brugeois décida de le suivre. Satisfait d'avoir allégé sa conscience à si bon compte, il proposa à Leonardo d'aller manger un morceau avec lui à l'auberge. Le soldat manqua avaler de travers sa gorgée de vin.

– C'est que... j'avais déjà prévu une affaire urgente à régler ce soir et...

– Je vois ! plaisanta Pieter. Ton *affaire urgente* se prénomme Maria. Elle porte de longs cheveux noirs. Combinés à des yeux vert émeraude, ils présentent des atouts face auxquels je ne puis que m'incliner. Je ne suis pas fou, je sais reconnaître la loi du plus fort !

Pieter n'avait encore jamais vu Leonardo rougir. Il savoura intérieurement le petit tour qu'il venait de jouer à son ami.

– Non, ce n'est pas ce que tu crois. Enfin, pas tout à fait...

– Leonardo, monte au plus vite ! J'ai grand besoin de toi !

La voix de Fernando Rienzi trahissait le caractère d'un homme n'ayant pas l'habitude d'être contredit. Malgré son âge, le banquier conservait une belle prestance. La couleur gris argent de ses longs cheveux ajoutait encore à l'impression de dignité émanant de sa personne. Trop heureux d'échapper à ce pesant interrogatoire, Leonardo obéit à l'injonction de son maître en gravissant rapidement l'escalier qui menait au vestibule de la demeure.

– *Arrivederci,* Pieter ! Je passerai t'expliquer tout cela plus tard.

Le Brugeois lui fit un signe de la main et quitta la cour du palazzo. Un brin contrarié, il commença à arpenter les rues. Il avait compté sur cette soirée à l'auberge avec son ami pour se distraire, et n'éprouvait aucune envie de la passer tout seul.

Le hasard de ses pérégrinations le mena devant l'église d'Orsanmichele. Les sens brouillés par le vin trop vite bu, il se dirigea vers une fontaine pour s'y rafraîchir la tête et les idées. L'eau coulait généreusement du bec d'un dauphin plutôt grassouillet, adossé à une élégante façade de briques brunes.

– Cette fois, nous ne nous laisserons pas fléchir. Il en va de l'honneur de toute la cité !

La phrase que venait de surprendre Pieter avait été prononcée depuis le premier étage de la demeure. Le volume de voix élevé permettait néanmoins de suivre sans peine la conversation qui s'engageait.

– Mais *signor*, une mort, même mystérieuse, ce n'est pas suffisant pour bâtir toute une accusation. Nous n'avons aucune preuve.

– Il suffit ! hurla la voix. Pour un Napolitain, bien sûr, un cadavre ne signifie pas grand-chose, mais n'oublie pas que tu te trouves à Florence. Ici, chacun est tenu de respecter la cité et ses lois !

La conversation se poursuivit probablement sur le même ton, mais l'un des interlocuteurs avait pris soin de fermer la fenêtre, ce qui priva Pieter de la suite du récit. D'instinct, le jeune homme s'assit sur le seuil de la maison voisine, dans l'attente de la suite des événements. Il se leva brusquement pour laisser entrer chez elle la maîtresse de céans. Celle-ci lui fit vertement remarquer qu'un jeune homme respectable devait s'abstenir de s'asseoir devant la demeure d'autrui.

– D'ailleurs, vitupéra encore la furie, je me demande ce qui me retient d'aller te dénoncer chez mon voisin, le *procuratore*.

Pieter s'éloigna, ravi d'avoir obtenu cette information. Il n'eut guère le temps de savourer sa petite victoire : soudain, la porte de la maison du *procuratore* s'ouvrit, et il en sortit un homme armé présentant toutes les apparences d'un *condottiere*. Pieter avait appris à les reconnaître du premier coup d'œil, mais il n'en tirait aucune gloire : en Flandre ou en Italie, rien ne ressemblait davantage à un mercenaire qu'un autre mercenaire.

L'homme marchait rapidement, sa cape brune flottant au rythme de ses pas. C'était plus fort que lui... Désirant en avoir le cœur net, Pieter commença à le suivre à distance raisonnable. Depuis son arrivée à Florence, il tardait au jeune homme de jouer à nouveau aux enquêteurs. Pour dire la vérité, il s'ennuyait un peu. Bien sûr, il aimait la peinture, et cette manière unique de révéler, d'un coup de pinceau inspiré, la beauté des êtres et des choses. Mais il aimait aussi faire éclater la vérité, dénoncer les travers des hommes. Soudain, tout alla très vite. Un petit bruit ; un éclair blanc ; un doux frôlement, puis une morsure au bras. Et la douleur.

– Vesuvio ! hurla l'homme à la cape qui rebroussa chemin et courut vers Pieter.

– Alors, mon gaillard, tu me suivais ! Cela n'a pas plu à mon compagnon. Si c'est à ma bourse que tu en voulais, tu n'aurais pas fait une bonne affaire. Elle n'est pas bien pleine, ces jours-ci.

Pieter gardait la bouche grande ouverte, fasciné par la rapidité avec laquelle l'animal avait bondi sur l'épaule de son maître.

– C'est... C'est un furet ?

– Oui. Agile comme le vent, et féroce comme le volcan. Ce n'est pas pour rien qu'il s'appelle Vesuvio. Mais toi, qui es-tu ?

– Mon nom est Pieter Linden. Je suis Brugeois, et travaille comme apprenti dans l'atelier de Verrocchio.

L'homme se gratta le visage.

– Tu m'as l'air sincère, mais pourquoi m'emboîtais-tu le pas ?

Sans trop savoir pourquoi, Pieter se sentait lui aussi en confiance, et décida de jouer franc-jeu. Il raconta comment il avait surpris la conversation. Bien entendu, elle avait suscité son envie d'en savoir plus...

– Ainsi, tu joues au détective... Eh bien, c'est le bon Dieu qui t'envoie ! plaisanta l'homme.

Il caressa son furet qui vint se lover autour de son cou.

– Je t'invite à l'auberge ! Au fait, mon nom est Torri. Antonio Torri. Je suis un *condottiere,* originaire de Naples.

Intérieurement satisfait de constater que son raisonnement était le bon, Pieter accepta volontiers l'invitation. Ce soir, il passerait un moment à l'auberge, comme il l'avait souhaité.

6

Julio n'en revenait toujours pas. Qui aurait pu imaginer, ce matin encore, que le petit Julio Bentani, fils du cordonnier Sandro Bentani de la via San Antonino, pourrait se retrouver dans un pareil palais ? Il était impatient de voir la tête que feraient les copains, eux qui s'amusaient toujours à le diminuer en présence des filles du quartier. Julio se savait timide, mais ne dit-on pas que les plus grands chefs de guerre se sont souvent montrés réservés durant leur jeunesse ? Pour sa part, il n'en avait jamais douté. Il lui tardait de rentrer à la maison pour montrer à ses parents l'extraordinaire somme de dix ducats qui lui avait été promise pour réaliser ce travail. Et vous parlez d'un travail ! Poser pendant quelques heures pour un artiste, dans un somptueux palais... Des travaux comme ça, il en voudrait bien tous les jours !

À vrai dire, la seule chose qui l'inquiétait, c'était de savoir s'il serait capable de rester immobile assez longtemps. D'un saut, il bondit du lit où il s'était installé, pour aller s'admirer dans le miroir ornant le dessus de la cheminée. Il mima le guerrier au combat, le chevalier dressant sa monture, et même le Christ sur sa croix. Effrayé, il ramena vite les bras contre le corps. Depuis peu, sa mère ne lui répétait-elle pas sans cesse qu'à travers les nuages, le bon Dieu pouvait observer tout ce que les hommes faisaient ?

Et même à travers les toits et les plafonds des maisons... Depuis qu'il avait appris cela, le jeune homme ne pouvait s'empêcher de se sentir épié à tout moment de la journée. Il se signa pour se faire pardonner le petit blasphème qu'il venait de commettre, et alla ensuite s'asseoir à nouveau sur le lit, non sans soupirer. Le peintre lui avait demandé de patienter un peu, le temps d'aller chercher des couleurs, et voilà que tout cela durait, durait... Il sourit en se disant qu'il serait bientôt obligé de réclamer une augmentation, si on le faisait attendre trop longtemps. N'y tenant plus, il se leva pour aller ouvrir la porte. Peine perdue, car le verrou avait été fermé de l'extérieur. Il se dirigea alors vers la fenêtre pour appeler dans la cour. Après tout, peut-être l'avait-on oublié ? À son grand étonnement, il constata que la fenêtre, elle aussi, résistait obstinément à toute tentative d'ouverture. Il en fut réduit à crier pour rappeler sa présence au maître de la maison.

– *Signor pittore ! signor pittore !*... Faut-il attendre encore longtemps ? C'est que je n'ai prévenu personne ! Ma famille va s'inquiéter...

Pour toute réponse, un lourd silence succéda aux cris du jeune homme. Ce dernier, excédé, se précipita vers la porte et commença à tambouriner, de plus en plus fort.

– *Signor pittore ! signor pittore !*...

Les larmes aux yeux, Julio continuait à frapper, jusqu'à risquer de se broyer les poings.

– Holà, jeune homme ! Du calme ! Tiens-tu

vraiment à briser cette porte en t'acharnant sur elle de la sorte ?

Julio sursauta. Le peintre se tenait derrière lui, souriant. Peut-être se trouvait-il là depuis un bon moment ?

– C'est que... je voulais savoir quand nous allions commencer, *signor pittore*.

– Pardonne-moi de t'avoir fait attendre de la sorte, mais il devient de plus en plus difficile de trouver de bonnes couleurs dans cette ville, tant la demande des artistes est grande. Surtout pour le rouge. Le rouge profond et puissant, comme le sang des condamnés.

Le peintre examina attentivement Julio, puis se dirigea vers un meuble. Il en ouvrit un tiroir et sortit une bande d'étoffe.

– Ôte ta chemise et assieds-toi sur cette chaise. Je vais te bander les yeux. N'aie crainte : la raison en est que le thème de mon tableau est l'inconscience de la jeunesse. Chacun sait que la jeunesse est aveugle...

Julio n'entendait goutte au verbiage de l'artiste, mais il s'exécuta sans discuter, songeant à la récompense qui l'attendait. Assis, les yeux bandés, il plaisanta :

– Pour être honnête, il faut que je vous avoue que j'y vois encore un peu...

– Que vois-tu ?

– Oh ! rien de précis. Votre ombre et... Ah oui ! votre bras avec le pinceau.

– Bravo ! On peut dire que tu ne manques pas de discernement.

Julio se mit à rire, peu habitué qu'il était à recevoir des compliments.

– À présent, poursuivit le peintre, je vais te placer la tête en arrière pour saisir l'attitude que je désire fixer sur la toile.

La tête inclinée vers l'arrière, Julio eut juste le temps d'apercevoir le pinceau qui s'approchait de son visage. Il s'apprêtait à interroger le peintre sur cette étrange technique quand, d'un coup net et précis, la lame lui trancha la gorge de part en part. Le sang se mit à jaillir, et Julio s'affaissa à terre dans un horrible râle.

Partout, ce n'était plus que rouge. Le rouge profond et puissant du sang des condamnés.

Pendant ce temps, une conversation se tenait à l'*Albergo delle Stelle*.

– Tu es décidément un drôle de personnage, Pieter Linden. Peintre et détective... Courageux, gourmand, affublé d'un accent exécrable, mais aussi terriblement naïf...

Pieter venait de relater à Torri le récit des événements. Il n'apprécia pas que celui-ci insistât sur sa naïveté, mais s'abstint de paraître vexé, tout en jetant un coup d'œil inquiet sur le furet qui grignotait un os sur la table.

– Tu peux le caresser, va ! À présent, il sait que tu n'es pas un ennemi. Tu n'as plus rien à craindre.

Malgré l'invite de Torri, Pieter restait méfiant envers l'animal. Il préféra en arriver au point crucial de leur conversation :

– *Condottiere* Torri, je te suis très reconnaissant pour cet excellent repas, mais je suppose que tu vas me demander quelque chose. Sinon, tu ne te serais pas donné toute cette peine...

Le *condottiere* toussota.

– Bien vu, mon garçon. À vrai dire, ce que j'attends de toi est assez délicat. Je vais donc te l'exposer sans détour. (Il caressa affectueusement son furet qui poussa un petit grognement de plaisir.) J'ai besoin de ton aide dans une affaire délicate. Je travaille actuellement pour le *procuratore* Colpa. Tu dois en avoir entendu parler : il s'est notamment occupé du procès portant sur les soupçons de sodomie à l'encontre des assistants de l'atelier de Verrocchio. Or un crime mystérieux contre la personne d'un jeune homme inconnu vient d'être commis. Le *procuratore* entend que j'enquête sur le sujet, mais je pressens surtout son envie d'établir un rapprochement entre l'affaire Saltarelli et ce meurtre à première vue inexplicable.

Nerveux, Pieter passa outre son appréhension et caressa le furet. Celui-ci se laissa faire en s'étirant paresseusement sur la table.

– Et que viens-je faire dans cette histoire ?

– Tu connais bien les artistes, tu les fréquentes chaque jour... Tout ce que je te demande, c'est de te montrer attentif, de noter tout comportement suspect ou anormal.

Pieter se braqua.

– En clair, tu me demandes d'espionner mes amis !

– Nenni, jeune homme ! C'est même le contraire. Je te répète que je ne crois pas à ce raccourci trop simple. Je suis convaincu qu'accepter ma proposition constitue la meilleure manière d'aider tes amis.

Pieter était plongé dans sa réflexion quand un petit bonhomme sautillant déboula comme un diablotin.

– Piccolo ! Que fais-tu là ? s'exclama Torri. Laisse-moi te présenter mon nouvel ami : Pieter Linden, un artiste brugeois promis à un bel avenir dans notre cité.

Pieter fit un signe poli au nain, mais ce dernier ne prit même pas la peine de lui répondre. Imperturbable, Torri poursuivit les présentations :

– Pieter, je te présente Piccolo, le tout petit homme de très grande confiance du *signor* Colpa.

Pressé de parler, le nain sautillait de plus en plus.

– Viens, Torri ! Il faut que tu viennes rapidement chez le *procuratore*. Il s'est encore produit un meurtre. Cette fois, c'est sûr, il s'agit bien d'un peintre.

Torri blêmit et se leva. Il quitta l'auberge, précédé de Piccolo et suivi de Pieter qui se sentait désormais associé à l'affaire. Arrivé chez le *procuratore*, le groupe parvint dans la pièce où s'était tenue la discussion houleuse surprise par Pieter, quelques heures auparavant. Torri le présenta rapidement au magistrat, en expliquant à ce dernier qu'on pouvait lui faire toute confiance. Colpa fit la moue et pointa son regard acéré sur Pieter qui sentit un profond malaise l'envahir. Il émanait de cet homme autant de dureté que d'un bloc de granit...

– Oh ! je pense que ton enquête sera courte, Torri. Ce nouveau crime confirme ce que j'avais pressenti, lâcha Colpa, toujours aussi dédaigneusement.

– Parle, *procuratore* ! Que s'est-il passé ?

– On vient de découvrir le corps d'un jeune homme, entièrement dévêtu et la gorge tranchée. Face à lui se trouvait un chevalet, sur lequel était posée une toile. Et sur cette toile, deux larges traces de sang peintes au pinceau... Certains peintres signent leurs œuvres ; pourquoi les meurtriers n'en feraient-ils pas autant ?

Le *condottiere* apparaissait abasourdi. Un nouveau crime, si vite...

– Où se trouvait le corps ?

Colpa sourit.

– C'est ici que cela devient intéressant. Dans le palazzo Campo, les propriétaires, grands mécènes, ont coutume de mettre une pièce à disposition des artistes de passage chez eux. Il n'y avait personne pour le moment, et tant la porte que la fenêtre de la pièce se trouvaient parfaitement verrouillées. Cela n'a pas empêché notre oiseau criminel de s'envoler. Si je ne me raisonnais pas, je finirais par croire aux prodiges...

– Je sollicite la permission d'aller constater le crime sur place, demanda Torri.

– Tu attendras demain ! trancha Colpa. Il est déjà tard, et la famille Campo a reçu son lot d'émotions pour la journée.

Torri et Pieter Linden quittèrent sans regret l'arrogant *procuratore*. Dehors, Torri sembla deviner les pensées de son nouveau compagnon :

– Je te concède qu'il est loin d'être sympathique, mais je sais reconnaître la main qui me nourrit.

– De plus, il faut bien avouer qu'il n'a pas inventé ces deux crimes qui viennent d'être commis, répliqua Pieter.

Les deux hommes firent quelques pas dans la rue. Le premier, Pieter s'arrêta.

– Tu m'as convaincu. J'ai décidé de t'apporter mon aide. Cette histoire me semble bien mystérieuse, mais j'espère pouvoir t'être utile.

Torri sourit et donna une tape dans le dos de son tout nouvel assistant, avant de retrouver son air sérieux.

– Content de pouvoir compter sur toi, Pieter ! Il nous faudra agir vite, de peur de voir commettre trop d'injustices.

7

Pourquoi donc s'était-il levé ? Depuis qu'il avait ouvert l'œil, Pieter avait deviné qu'il resterait de mauvaise humeur toute la journée. La vérité, c'était qu'il ne ressentait aucune envie d'aller travailler à l'atelier. La copie du *Baptême du Christ* ne l'excitait guère. Il aurait cent fois préféré accompagner Torri au palazzo Campo pour l'assister dans son enquête. Le simple fait de penser qu'il devait se consacrer à la peinture le plongeait dans une humeur éxécrable. Bien sûr, il avait effectué ce voyage jusqu'à Florence pour acquérir le savoir-faire des maîtres de cette ville. De la sorte, il comptait rentrer à Bruges fort d'une certaine réputation. Pour l'heure, néanmoins, il aurait tout donné pour collaborer activement à l'enquête du *condottiere*...

Sans prendre la peine de passer par la cuisine, il pénétra dans l'atelier en croquant une pomme insuffisamment mûre. L'acidité du fruit lui arracha une grimace qui fit sourire ses trois compagnons déjà à l'ouvrage.

Verrocchio pénétra dans l'atelier, la mine particulièrement souriante. Voilà qui tranchait de manière radicale avec les réprimandes qu'il avait fallu endurer la veille. Ce brusque changement d'atmosphère suscitait une telle surprise chez Pieter qu'il en oublia presque sa ferme résolution de conserver sa mauvaise humeur toute la journée.

– Mes amis, j'ai une très heureuse nouvelle à vous apprendre.

Les quatre apprentis interrompirent immédiatement leur travail pour écouter Verrocchio.

– Vous n'êtes pas sans savoir que j'ai eu l'honneur de recevoir une commande importante du seigneur Laurent de Médicis. Il s'agit d'une sculpture monumentale de David, dont je compte faire mon chef-d'œuvre.

Un murmure d'approbation respectueuse parcourut l'atelier. Pieter attendait impatiemment la suite.

– Il me fallait un modèle d'exception pour réaliser cet ouvrage. Je vous annonce que mon fidèle Vinci a accepté d'y contribuer. Nous aurons donc tous le plaisir de le revoir régulièrement à l'atelier.

Pieter dissimula difficilement sa stupéfaction. Pourquoi Vinci avait-il changé d'avis si vite ? De quels arguments avait usé Verrocchio pour se montrer aussi convaincant ? Il ne put s'empêcher de détailler l'expression d'Umberto Tallio, atterré par cette annonce. Surnommé « Milano » – sans grande originalité, puisqu'il était précisément originaire de Milan –, Umberto était le premier apprenti de Verrocchio. Cette place enviée, il la devait à son incontestable talent, bien sûr, mais aussi au fait que Vinci avait quitté l'atelier. Deux artistes de cette trempe pouvaient difficilement cohabiter sans se faire mutuellement de l'ombre. Le départ de Vinci avait calmé toutes les tempêtes, et assis la renommée de Milano. Son retour risquait en revanche de réveiller les vieilles rancœurs. Milano préféra toutefois s'abstenir de tout commentaire, et retourna à son ouvrage, bientôt imité par les autres élèves du maître.

Pieter n'avait décidément pas la tête à la peinture : il venait de rater une nouvelle fois le dessin préparatoire du paysage, à l'arrière-plan de la composition. Il trouvait d'autant plus difficile de copier cette partie de l'œuvre qu'il savait pertinemment qu'il s'agissait d'une création de Vinci. Sans avoir jamais osé le lui dire, le jeune homme reprochait à Verrocchio le manque d'harmonie de ses compositions. À ses yeux, elles évoquaient plus une juxtaposition d'éléments qu'une scène globale, chaque sujet paraissant être traité à part. Il prétexta un mal de tête persistant pour s'absenter en début d'après-midi. Verrocchio se montrait tellement de bonne humeur qu'il accepta la requête de son élève sans broncher.

Sans perdre de temps, Pieter quitta l'atelier et se dirigea directement vers la via della Croce, au domicile de Vinci. Un lieu modeste, mais qui constituait pour le jeune artiste le symbole de son indépendance récemment acquise. Pieter monta au deuxième étage et heurta la lourde porte du logement du peintre. Après avoir émis un petit grognement, Vinci vint ouvrir la porte. Il arborait la tête d'un homme qui, au mieux, ne s'est pas couché, et, au pire, n'a pas réussi à trouver le sommeil. En tout cas, le futur David faisait bien pâle figure...

Vinci ne parut pas étonné de voir Pieter débarquer chez lui à ce moment de la journée. Il le fit entrer. La pièce faisait office à la fois de chambre, de pièce de séjour, de cuisine et d'atelier. Dans le cas bien particulier de Leonardo, il fallait reconnaître que le terme de « cabinet de curiosités » pouvait paraître plus approprié. Des planches d'herbier, des ailes d'oiseaux, des croquis de drôles de machines aux contours parfois inquiétants, des pierres rares et toutes les essences de bois s'alignaient avec une rigueur quasi militaire sur des étagères fixées aux murs. Pieter s'était interrogé à diverses reprises sur la signification de ces étranges projets, mais il n'avait jamais osé importuner Vinci avec ses questions. D'ailleurs, celui-ci apparaissait le plus souvent perdu dans ses pensées. Tandis que les autres apprentis de l'atelier s'appliquaient à contenter leur maître, il se laissait guider par son seul instinct. Et ce dernier voyait généralement juste !

– Je suppose que Verrocchio n'a pas tardé à vous annoncer la bonne nouvelle, marmonna Vinci.

– Oui, et c'est la raison pour laquelle je me suis permis de venir te déranger. Tu m'avais l'air si déterminé à refuser, hier, que j'ai eu beaucoup de peine à cacher mon étonnement. Qu'est-ce qui t'a fait changer d'avis ?

Vinci se dirigea vers une bassine d'eau

froide réservée à sa toilette, et se plongea la tête dedans. Il y demeura si longtemps que Pieter redouta un instant qu'il s'y noyât, puis finit par en extraire sa longue tignasse blonde.

– Ha ! Cela me remet quelque peu les idées en place. J'ai passé une méchante nuit à courir après le sommeil, mais ce diable se révèle toujours plus rapide que moi. Je n'arrive jamais à le rattraper !

Le peintre s'empara d'un tabouret et offrit à Pieter de s'asseoir. Tandis qu'il se séchait les cheveux à l'aide d'un linge blanc, il apporta enfin des explications à son invité.

– Il s'est passé des événements étranges en ville. Nul besoin d'être grand clerc pour comprendre que je risque d'être à nouveau inquiété.

– Tu veux parler des deux meurtres ?

– Deux ? s'étonna Vinci.

Pieter aurait mieux fait de se mordre la langue, plutôt que de parler trop vite.

– Euh ! oui. J'ai appris qu'un jeune garçon avait été retrouvé mort au palazzo Campo.

Vinci se rembrunit.

– Alors, c'est encore pire que ce que je craignais. Je n'ai plus besoin de t'expliquer pourquoi j'ai décidé de revenir chez Verrocchio. Son aide m'a été précieuse par le passé, et je vais encore en avoir besoin.

Pieter avait beau commencer à comprendre les rouages – souvent compliqués – des pensées florentines, il ne saisissait pas avec précision le raisonnement de Vinci.

– Que crains-tu ? Tu as été innocenté, et bien évidemment, tu n'as rien à voir dans ces affaires !

Le peintre sourit.

– Tu es encore jeune. Tu apprendras bien vite que les proverbes tiennent souvent lieu de vérité. Ne dit-on pas qu'il n'y a jamais de fumée sans feu ? Eh bien, je n'éprouve aucune envie de périr brûlé dans la fournaise qui s'annonce.

Le jeune peintre se dirigea vers une toile sur laquelle figurait l'esquisse d'un portrait de femme empreint de charme et d'élégance. Pieter songea que la peinture des maîtres de Florence laisserait bientôt loin derrière elle les œuvres des meilleurs peintres flamands.

– Tu vois, Pieter, il me reste un grand destin à accomplir. J'en suis convaincu. (Vinci avait retrouvé tous ses esprits. Il semblait même exalté dans ses propos.) Je vais te raconter une histoire que seuls mes parents connaissent. Je me trouvais encore au berceau quand un grand milan descendit du ciel. Il se posa sur moi et m'ouvrit délicatement la bouche avec la queue. Depuis ce jour, j'ai conscience de ma différence. Je le sais, j'ai une mission à accomplir, et j'ai besoin de temps pour y parvenir. À aucun prix, il n'est question de tomber dans les pièges que s'appliquent à me tendre les hommes jaloux.

Pieter ne l'avait jamais entendu parler de la sorte. Son discours lui semblait à la fois inquiétant et d'une logique implacable. Cet homme n'était décidément pas comme les autres !

– À présent, va ! Verrocchio doit se demander où tu traînes encore. Nous ne tarderons pas à nous revoir à l'atelier.

Alors que Pieter allait quitter la pièce, Vinci le rappela.

– N'oublie pas de saluer le génie de Milano de la part de son très cher ami de Vinci ! J'ai hâte de retrouver son sourire, sa modestie, et sa bonne humeur !

Les deux jeunes gens éclatèrent de rire. Avec satisfaction, Pieter constata que toutes ses idées sombres avaient désormais disparu.

L'esprit se révèle souvent aussi capricieux qu'un oiseau qui vole de branche en branche. À présent, Pieter se retrouvait très heureux de retourner travailler à l'atelier. Il se sentait même de taille à recomposer, à la manière de Vinci, le paysage entier du *Baptême du Christ*. Il ne restait qu'à trouver les coupables de ces méchants crimes. Dès lors, aucun soupçon ne pèserait plus sur son ami injustement suspecté. En attendant, il connaîtrait au moins la satisfaction de le rencontrer tous les jours à l'atelier. Pieter courait tellement vite qu'il faillit écraser Vesuvio qui grignotait un os au milieu de la rue. Bien sûr, l'ombre de Torri ne se trouvait guère loin de la fourrure blanche de son animal fétiche.

– Torri, quel hasard !

– Nul hasard ne survient jamais en cette ville, jeune homme... Disons que je me doutais bien que tu te retrouverais tôt ou tard dans les parages.

Pieter n'était pas sûr d'endosser avec satisfaction la peau de l'» espion espionné », mais il prit soin de n'en rien laisser paraître.

– Tu as trouvé des indices intéressants au palazzo Campo ?

– Non, aucun. La pièce n'était plus occupée depuis trois mois, et elle est restée fermée durant tout ce temps. Vu le va-et-vient dans la maison, personne ne s'est aperçu de quoi que ce soit.

Pieter se montra déçu.

– Mais enfin, le coupable ne s'est quand même pas envolé ! Pas de traces sur la porte, sur la fenêtre, ou dans l'âtre de la cheminée ?...

– *Niente* ! Rien qu'un cadavre entièrement nu, le cou adroitement tranché de part en part. Du beau travail d'artiste, en somme.

Vesuvio profita de la conversation des hommes pour s'emparer d'une couenne de lard dans l'échoppe d'un boucher ambulant. Celui-ci se mit à crier au vol et poursuivit l'animal, armé d'un hachoir redoutable. Torri se précipita à la rescousse du furet et finit par dédommager le marchand qui, pour la peine, lui compta la couenne au prix fort.

– Pour une telle somme, tu aurais au moins pu voler du jambon fin ! plaisanta Torri.

Il revint auprès de Pieter et reprit le cours de ses révélations :

– Ce n'est pas tout. Je me suis également rendu chez le procureur. Il s'est montré trop heureux de me fournir un nouvel indice. Tiens !

Pieter lut le morceau le papier qu'il lui tendait :

« *Pour peindre avec autant de finesse la trace du couteau sur une jeune gorge, il n'y a que le talentueux Leonardo da Vinci. Honte à l'artiste qui succombe avec délice à son vice !* »

– Anonyme, bien sûr, lâcha Pieter.

– Et déposé dans le *tambuso* du palazzo Vecchio, comme pour les précédentes dénonciations, lors de l'affaire Saltarelli.

– Le cauchemar recommence...

– Oui, et cette fois encore, Vinci a toutes les raisons de s'inquiéter. Je vais poursuivre mes recherches, et je compte sur toi pour veiller sur lui, en ne laissant rien passer.

Pieter s'en allait déjà, absorbé par ses pensées.

– Pieter ! reprit Torri. Tu m'as bien entendu ? Ne rien laisser passer ! Je ne crois nullement à sa culpabilité, mais il ne faut jurer de rien ni de personne. Sois attentif, et aussi prudent.

Au plus profond de lui-même, Pieter savait que Torri avait raison. À de multiples reprises, le passé lui avait démontré qu'il fallait toujours se garder de confondre les élans de l'amitié avec ceux de la raison.

8

Si le mot « beauté » avait été créé, c'était sans doute pour rendre hommage à la perfection d'une cité nommée Florence. Leonardo et Maria profitaient de chaque moment de liberté pour monter sur les hauteurs, jouissant de la vue unique sur la ville. La jeune fille portait ses 17 printemps avec grâce, et ce petit soupçon d'insolence propre aux jouvencelles de son âge. Elle aimait ramener la main dans sa longue chevelure noire, et fermait doucement les yeux lorsque son regard croisait l'éclat de l'astre du jour. Leonardo se serait damné pour ses yeux verts qui étincelaient. Depuis qu'il les avait rencontrés, sa vie avait changé. Aussi loin qu'il pouvait remonter dans sa mémoire, il n'avait jamais songé à rien d'autre qu'à servir. Aider ses parents pour les travaux des champs pendant son enfance, puis s'enrôler au sein de la puissante famille Rienzi, qui avait eu la bonté de l'accueillir à la manière d'un fils, quand il était devenu orphelin. Il leur avait toujours témoigné sa reconnaissance de lui avoir donné sa chance, de l'avoir formé au métier des armes, mais sans jamais songer à outrepasser sa condition. Il se savait fils de paysan, et entendait rester à la place qui était la sienne. Pour la première fois, cependant, il avait envie de penser d'abord à lui, d'obéir aux élans de son cœur, de se noyer dans l'immensité verte des yeux de son aimée.

Pour sa part, Maria avait aussi connu des moments difficiles, supportant les quolibets des enfants la qualifiant de « sorcière », et se moquant du fait qu'elle n'avait pas connu son père. Sa mère ne lui en avait jamais parlé, emportant dans la tombe le souvenir de cet amour déçu. Heureusement, sa grand-mère avait pris le temps de veiller sur elle, et lui avait transmis ses multiples savoirs. Cet enseignement précieux lui avait permis d'être embauchée par un des apothicaires les plus renommés de la ville. Grâce à Dieu, il existait un avenir pour celles et ceux qui n'avaient pas eu la chance de naître dans un palais !

– Je te connais, fier guerrier. Tu as beau te trouver dans mes bras, je sens que ton esprit chevauche ailleurs.

Maria avait adopté un ton de reproche pour tirer Leonardo de ses rêveries.

– Je vais finir par croire les méchants bourgeois qui t'accusent de sorcellerie, plaisanta le jeune homme. Si tu es capable de lire dans mes pensées, tu dois savoir qu'elles m'entraînent chez mon ami Pieter Linden, le Brugeois.

Leonardo se redressa et contempla sa demoiselle. Comment cette merveille pouvait-elle lui appartenir ? Il lui caressa tendrement les cheveux et sourit.

– Il me suffit de t'admirer pour retrouver la joie de vivre, mais je dois bien reconnaître que je m'en veux un peu de ne pas consacrer davantage de temps à mes amis.

Maria se redressa à son tour. Elle lui donna un petit baiser sur la bouche et prit sa main dans la sienne.

– La vie nous enseigne à tous l'importance de l'amitié. Il ne faut jamais s'en détourner, ni même la perdre de vue. Sans soin, elle dépérit bien vite. (Serrant sa main un peu plus fort, elle ajouta :) Si tu songes autant à Pieter, c'est sans doute qu'il a des soucis. Rien de grave, j'espère. Tu m'en aurais parlé...

– Non. Simplement, il s'inquiète pour son ami Vinci, le peintre. Le vrai problème, à mon avis, c'est que Pieter hésite toujours entre sa carrière de peintre et son envie de jouer aux enquêteurs. Et Dieu sait que Florence constitue une ville bénie pour quiconque aime à résoudre des énigmes !

Sur ces paroles, il coucha Maria sur le sol et l'embrassa avec fougue. Leurs cheveux se mêlèrent, et leurs deux corps ne firent bientôt plus qu'un. Complices, la nature et le soleil accompagnaient cette fusion amoureuse. Les deux jeunes gens se trouvaient trop bien l'un avec l'autre pour se préoccuper de ce qui se passait autour d'eux. Ils ne pouvaient s'imaginer la présence de cette paire d'yeux qui, dissimulée dans un buisson d'aubépines, ne perdait rien de la scène. Après tout, les amoureux ne sont-ils pas toujours seuls au monde ?

9

La demeure du *procuratore* était située non loin de l'église Orsanmichele, un édifice modeste qui avait jadis servi de halle pour conserver le blé. L'intérieur du bâtiment se distinguait par sa simplicité, sa renommée provenant surtout de la splendeur de son tabernacle dont les bas-reliefs contaient avec force détails des scènes de la vie de la Vierge. À l'étage, les habitants du quartier avaient gardé l'habitude de stocker des denrées, afin de prévenir les éventuelles disettes.

Le voisinage de l'église convenait à merveille au *procuratore* Colpa qui ne manquait jamais d'insister sur sa grande probité, ni ne ratait une occasion de dénoncer les dépenses excessives auxquelles se livraient les grands de la cité. Au rez-de-chaussée de sa demeure, il avait aménagé un bureau pour y mener les interrogatoires – ou, plus exactement, pour y faire mener les interrogatoires par ses *condottieri*.

C'est donc tout naturellement cette pièce qu'avait choisie Torri pour convoquer les trois fils du paysan Jacopo. Bien sûr, il aurait pu aller les questionner sur les terres de leur père, mais il voulait à tout prix éviter que le vieux renard ne se mêle de ses affaires. Et puis, la solennité des lieux pourrait impressionner les trois jeunes paons. Les renseignements obtenus à leur sujet n'incitaient guère à une grande sympathie.

Luigi, Daniele et Sebastiano n'avaient hérité de leur père ni son caractère acariâtre ni sa pingrerie, caractéristiques des vieux paysans. Ils savaient que Jacopo avait de l'argent, et n'entendaient nullement attendre qu'il passe de vie à trépas pour en profiter.

Luigi, l'aîné, exerçait beaucoup d'influence sur ses cadets qui ne songeaient jamais à lui contester son autorité. Plus intelligent que les deux autres, il savait aussi se faire enjôleur, quand il s'agissait de se gagner les bonnes grâces de ceux qui pouvaient le servir. Daniele, probablement le plus effacé des trois frères, vouait une admiration sans borne à son frère aîné. Depuis son plus jeune âge, il avait pris l'habitude de se faire réprimander pour les bêtises commises par Luigi. Quant à Sebastiano, le plus jeune, il se révélait le plus paresseux des trois. Goinfre et indolent, il préférait ne pas se faire remarquer, et renâclait parfois aux ordres de son frère aîné. S'ils n'aidaient pas beaucoup leur père dans la gestion de ses terres, les trois fils consacraient en revanche beaucoup d'énergie à trousser les jupons des jeunes paysannes et des filles d'auberge. Ils avaient déjà eu maille à partir avec les autorités, mais seulement pour de petits larcins, ou des plaintes de pères de famille enragés par les avances qu'avaient eu à subir leurs filles.

Luigi entra le premier dans la pièce et prit place devant la table, bientôt imité par Daniele et Sebastiano. Torri poussa un soupir intérieur, se surprenant même à éprouver une sorte de compassion pour le vieux Jacopo, complètement aveuglé par ses trois bons à rien de fils. Passant outre son sentiment de dégoût, il commença son interrogatoire :

– Mes gaillards, je vous ai convoqués suite à la découverte de ce corps sur vos terres. Avez-vous des indices qui pourraient m'aider dans mon enquête ?

Daniele tourna instantanément les yeux vers Luigi, guettant la réaction de son aîné. Ce dernier prit la parole :

– *Signor condottiere*, je ne puis malheureusement t'en apprendre plus. Nous n'allons pas souvent du côté de cette cabane.

Enhardi par la réponse de son frère, Daniele embraya :

– Non, nous n'y allons presque jamais ! Quand il s'agit de s'isoler, nous connaissons des endroits plus confortables.

Luigi lui décocha un regard noir, avec pour effet immédiat de faire rougir son frère cadet. Torri profita de la brèche entrouverte :

– Dans quelles occasions avez-vous besoin de vous isoler ?

Luigi reprit l'initiative :

– Mon frère ne sait pas toujours ce qu'il dit. Il voulait parler des moments que nous passons ensemble pour nous reposer après le travail.

– Après le travail... D'après ce que j'ai entendu, vous ne vous montrez pas particulièrement assidus à la tâche.

Aucun des trois ne relevant la remarque, Torri poursuivit son interrogatoire :

– La cabane était fermée. L'un d'entre vous possède-t-il une clé, ou peut-il avoir accès à celle de votre père ?

– Notre père ne nous confie rien de ses affaires, répondit Luigi.

– Sebastiano, toi qui te montres si taiseux. Tu as une idée, concernant cette fameuse clé ?

Visiblement contrarié de se voir tiré de sa torpeur, le troisième frère fit une moue dédaigneuse.

– Moi, je ne m'occupe pas des affaires du père. C'est lui qui conserve toutes les clés de la ferme. Alors vous feriez mieux de l'interroger.

Torri se rendait compte que Luigi voyait d'un mauvais œil Sebastiano prendre la parole. Les deux frères semblaient nettement moins proches que les deux aînés. Malgré tout, cette découverte ne le menait pas à grand-chose... Le *condottiere* n'arriverait à rien avec ces trois lascars.

– Bon, si je comprends bien, notre meurtrier est entré dans cette cabane sans clé. Il n'a pas ouvert la porte, ce qui ne l'a pas empêché d'accomplir son crime en toute tranquillité, avant de s'évader par les airs, toujours sans toucher à la porte.

– Comme un ange, conclut Sebastiano.

Cette fois, le regard méfiant de Luigi à l'encontre de son frère cadet s'était mué en œillade assassine.

– Comme un ange... répéta Torri en se caressant le menton. Vous pouvez y aller, mais ne quittez pas la région ! Tant que mon enquête n'est pas terminée, je peux faire appel à vous à tout moment.

– Envolé comme un ange ! murmura encore une fois Torri lorsqu'il se trouva seul.

Une vaste colline s'élevait derrière le palazzo Pitti. Parole de Florentin ! Il n'existait pas de meilleur endroit pour s'asseoir dans la nature et contempler la ville ! Chaque fois qu'il en avait l'occasion, Vinci aimait venir se promener ici à la tombée du jour, afin de rassembler ses idées. L'artiste ressentait de plus en plus d'impatience. Il reprochait à cette ville qui l'avait accueilli de ne pas rendre assez justice à son talent. Au plus profond de son être, il se savait le plus doué. Il méritait nettement mieux que l'insigne privilège de jouer les modèles pour Verrocchio. Vinci se reprochait d'avoir accepté un travail lui répugnant autant, mais il en voulait plus encore à cette ville qui étalait sous ses yeux toute son arrogance, sa richesse et ses intrigues. Il était de nouveau la proie des soupçons, se trouvait pris au piège. Il ne supportait pas de perdre la maîtrise de son destin.

Un merle vint se poser non loin de lui pour attraper un insecte qui survolait une fleur. Vinci observa avec une grande attention le manège de l'oiseau : le battement de ses ailes, la rapidité avec laquelle il saisit sa proie. Sortant une liasse de papier, l'artiste fixa la scène grâce à son trait alerte. Il analysa la technique de vol du merle, détaillant chaque mouvement d'aile. Satisfait de son observation, il rangea ses notes dans le grand sac de toile qu'il avait coutume d'emporter avec lui, et se coucha dans les herbes. Comme il se sentait bien, en parfaite communion avec cette nature qui lui rappelait son enfance ! Il sourit en se disant qu'il lui suffisait de contempler quelques instants les merveilles du monde environnant pour chasser ses idées noires. Les hommes se montraient bien fous de ne pas ouvrir davantage les yeux sur les choses les plus simples, qui se révélaient si souvent les plus belles !

La soif le gagnant, il se leva pour aller se désaltérer dans le petit ruisseau qui coulait non loin de là. À l'ombre d'un cyprès, il s'agenouilla en joignant les mains pour recueillir quelques gouttes de cette eau si fraîche des vertes collines de Toscane. Tout à coup, il se sentit projeté vers l'avant, sa tête se retrouvant plongée dans l'eau. Deux mains posées sur sa nuque l'empêchaient de reprendre sa respiration. Vinci essayait tant bien que mal de ne pas avaler trop d'eau. Alors qu'il se sentait sur le point de perdre la partie, une main le sortit brusquement de l'eau.

– Alors, Vinci, c'est plus fort que toi, hein ? Tu ne peux pas t'empêcher de te livrer à tes turpitudes ! Eh bien, nous, on ne veut pas de ça ici ! Cette ville est honnête, elle n'a pas besoin de malades, de démons pervers dans ton genre.

Le peintre avait à peine eu le temps de reprendre son souffle. La main le projeta encore une fois dans l'eau, en le cognant contre une grosse pierre. L'immersion parut encore plus longue que la première fois, puis Vinci se retrouva à nouveau tiré de l'eau.

– Un bon conseil, le peintre : ne reste pas trop longtemps dans notre ville. Tu pourrais le regretter amèrement...

La bouche grande ouverte, Vinci reçut un coup violent derrière la tête, et s'écroula.

Lorsqu'il reprit connaissance, il était envahi par une sensation de froid intense. Il gisait à moitié étendu dans la rivière, et le jour était déjà tombé sur la colline. Portant la main à l'arrière de sa tête, il sentit une grosse bosse sous ses doigts. Une autre douleur, au visage, cette fois, lui rappela le choc subi lorsqu'il avait été projeté dans l'eau pour la seconde fois. Il s'accrocha à une racine et se releva avec peine. L'inconnu en avait profité pour lui dérober son sac, et il eut tout à coup une furieuse envie de pleurer. Au loin, à travers les larmes lui brouillant le regard, il aperçut les lumières de Florence, ces feux de nuit qui rassuraient les citadins.

– Cette nuit, vous dormirez encore en paix, bonnes gens, mais prenez garde ! Vous ne savez pas encore que le mal s'est insinué dans votre ville. Il rôde partout, et personne ne se trouve à l'abri de ses ravages.

Cette fois, le ballet d'une chauve-souris vire-voltant autour de la tête du peintre ne réussit pas à lui faire abandonner ses sombres pensées. Au moins était-il sûr d'une chose : il ne se laisserait jamais impressionner par ses ennemis ! Il ne cé-derait jamais à la force ! Florence la fière ne lui faisait pas peur, il saurait bien venir à bout de ses côtés obscurs.

10

Il avait couru à travers bois, champs et vergers, jusqu'à ne plus sentir ses jambes. Il n'avait cessé de se retourner pour se rassurer : grâce à Dieu, personne ne l'avait suivi. Il avait accompli son acte seul, sans commettre la moindre erreur, et tirait une légitime fierté de son exploit. Pour couronner le tout, il avait même réussi à subtiliser au peintre sa besace renfermant de précieux dessins.

À l'angoisse de l'échec avait succédé l'ivresse du défi réussi.

Parvenu près de la cabane, Daniele se dit que, cette fois, plus rien ne pouvait lui arriver. Vinci n'avait pu le reconnaître. De toute façon, il avait laissé le jeune coq en trop mauvais état pour seulement envisager de le poursuivre. Daniele accrocha la besace du peintre au bras noueux d'un arbre, et se désaltéra à l'eau de la petite source qui serpentait à travers l'oliveraie. S'épongeant le visage, il fut saisi d'un intense sentiment de joie. Il avait envie de rire et de chanter. Jamais il ne s'était senti si heureux, si homme. Il venait de faire mentir tous ceux qui soutenaient qu'il ne pouvait rien faire sans son frère. Depuis son enfance, il n'avait jamais entendu que cela : trop faible ! trop lâche ! trop bête !... Eh bien, non ! Daniele se révélait aussi fort que les autres, et il comptait bien le faire savoir à tous. Il regretta de ne pouvoir tout raconter sans éveiller les soupçons, mais se promit d'en parler à demi-mot à ses frères, pour prouver sa bravoure.

Il songea ensuite au rendez-vous fixé à proximité de la cabane. *A priori,* il ne courait pas grand risque dans cette parcelle éloignée de la propriété paternelle. Il préféra néanmoins se cacher à l'intérieur, à l'abri des regards trop curieux. Il ouvrit le cadenas, accrocha la lourde clé avec la besace, et poussa la porte. Sa joie était telle qu'il ne songea même pas au cadavre qui, il y a peu, gisait encore à cet endroit. Il gravit les échelons de l'échelle, et se coucha avec délice dans la paille. Il ne lui restait plus qu'à attendre. Sa course l'avait fatigué et il tomba bientôt assoupi.

– Daniele ! Psst ! Daniele.

Le jeune homme fut brusquement tiré de son demi-sommeil.

– C'est toi ?

– Oui. Fais attention, ne sors pas ! Pas encore. Et parle doucement : quelqu'un me suit depuis la ville.

Daniele se redressa et se frotta le visage, pris de panique. Il chuchota :

– J'ai fait tout ce que tu m'as demandé. Qu'attends-tu de moi, à présent ?

– C'est très bien. Je savais que je pouvais compter sur toi. Je vais retourner dans les bois pour semer mon suiveur. Ne crains rien, je reviendrai bien vite. Pendant ce temps, toi, ne bouge surtout pas !

– Compris, mais fais vite ! Je ne voudrais pas que mon père nous trouve ici.

Daniele entendit d'abord des frottements contre la porte, puis les pas qui s'éloignaient. Espérant que l'attente ne se révélerait pas trop longue, il s'étendit à nouveau sur la paille. Il en profiterait pour poursuivre son petit somme. Après tout, il l'avait bien mérité ! Soudain, il sentit une drôle d'odeur, qui ne devait rien aux paniers d'olives entreposés sur le sol. Il renifla encore un peu, et perçut une senteur de brûlé. Le bruit du bois craquant sous l'effet des flammes confirma bien vite son impression, ainsi que la lueur du feu qui rongeait les parois de la cabane. Il bondit hors de la paille et sauta vers la porte, tenta de la pousser, mais sans y parvenir. Bon Dieu ! Le cadenas était fermé ! Par quelle magie ? Comment cela pouvait-il être possible ? Désespéré, il commença à appeler à l'aide. Partout, autour de lui, ce n'était que flammes, craquements, et chaleur. Rassemblant toutes ses forces, il essaya encore d'ouvrir la porte, mais la fumée avait brouillé sa vue et le faisait tousser de plus en plus fort.

Épuisé, à bout de souffle, il perdit bientôt connaissance. Il ne restait au feu qu'à parachever son œuvre. Au cœur de l'oliveraie, le corps de Daniele était devenu la proie impuissante des flammes.

La vieille femme n'avait pas vu la nuit tomber. Trop absorbée par son ouvrage, elle ne prenait pas le temps d'observer la ronde des heures. Dans la pénombre de sa masure, elle vivait à l'écart des hommes. Ici, nul besoin de se justifier. Elle tenait des mères de ses mères tous ces secrets qui n'appartenaient qu'à sa famille. Des recettes apprises des anciens dieux, ceux que les tenants de la Croix avaient foulé au pied, rejeté au plus profond de la forêt. Heureusement, il restait encore des femmes comme elle pour maintenir la tradition de ce savoir oublié. Elle avait appris à vivre à sa place, loin du monde, mais elle le savait mieux que quiconque : ces citoyens respectables qui la jugeaient, la condamnaient, ils étaient les premiers à venir quémander sa science quand ils en avaient besoin. Hélas ! toutes ses potions ne pouvaient rien contre le temps qui passe ! Chaque jour davantage, la vieille sentait le poids des ans peser sur ses épaules qui se voûtaient, à l'image des branches d'un arbre ployant sous le poids de la neige. Elle avait commencé à transmettre le secret de ses préparations à sa petite-fille, la jolie Maria, qui avait hérité de ses dons. La vieille n'en craignait pas moins de manquer de temps pour lui transmettre tout son savoir, qui ne figurait dans aucun livre. Le secret des remèdes contre la stérilité, les décoctions contre les maux de ventre, les philtres pour conserver l'homme aimé, les onguents pour conjurer les mauvais sorts jetés par des ennemis... Il fallait presque une vie pour acquérir tout cet enseignement. Hélas ! Maria avait choisi de vivre parmi les autres, en ville. Le gros chat noir vint se frotter contre les jambes de la vieille, manquant la faire trébucher.

– Bon Dieu ! Nero, un jour tu me feras tomber à terre ! Encore un peu de patience, je vais te donner à manger.

Trois coups secs résonnèrent sur la porte. Elle sursauta. Qui cela pouvait-il bien être ? Sûrement pas Maria, en tout cas : elle devait encore se voir conter fleurette par ce grand niais de Leonardo. Depuis le temps que la vieille vivait avec les démons de la forêt, elle ne craignait pas de recevoir des visiteurs à toute heure. Néanmoins, par simple mesure de précaution, elle jeta un peu de poudre de soufre dans son petit brasier, afin de détourner les mauvais esprits de sa demeure.

– Qui va là ?

– C'est moi ! répondit une voix péremptoire. Le *condottiere* Torri. Ouvre, vieille femme !

Elle s'exécuta à contrecœur, laissant rentrer ce visiteur inattendu.

– Seigneur ! Je croyais que ceux de la ville me laisseraient enfin tranquille. Je me suis déjà expliquée à de nombreuses reprises devant le procureur. Je n'ai rien à me reprocher !

Torri sourit.

– Calme-toi. Je ne suis pas ici pour faire la chasse aux sorcières. (Il promena son regard autour de lui, contemplant l'incroyable amoncellement de fioles, marmites et autres bocaux étranges, avant d'ajouter :) Encore que... Si tel était le cas, je ne rentrerais certainement pas bredouille !

La vieille leva les yeux au ciel, et alla même jusqu'à se signer pour protester de sa bonne foi, tout en invoquant bruyamment la protection du bon Dieu.

— Ne le mêle pas à cette histoire, je doute qu'il ait jamais franchi le pas de cette porte. Si je suis venu te voir, c'est pour bénéficier de ta science.

— Ah ? fit la vieille, soudain moins accablée qu'elle ne le paraissait il y a un instant encore. Prends place sur ce tabouret, et laisse-moi te servir une décoction du soir. Tu vas voir, elle te fera le plus grand bien après cette longue marche que tu viens de faire pour venir jusqu'ici.

— Soit ! J'ai toujours aimé vivre dangereusement.

La vieille lui tendit un gobelet d'un étrange breuvage à l'odeur de réglisse. Il le porta à ses lèvres et fit un signe de satisfaction.

— Je ne sais quel jus de crapaud tu viens de me donner, mais il faut bien reconnaître que c'est loin d'être mauvais.

Elle sourit comme si on venait de lui faire un compliment sur l'excellence de sa cuisine, et se servit à son tour. Apercevant Vesuvio pointer le bout du nez hors de la cape de son maître, le chat feula, avant d'aller se réfugier dans les poutres du toit.

— Je suis venu te voir pour te poser une question qui pourra te sembler étrange. Connais-tu le secret qui fait voler les hommes ?

– Voler les hommes... Que veux-tu dire au juste ? Voler dans les airs ?

– Oui, à l'égal des oiseaux, ou des anges.

La vieille émit un petit ricanement nerveux.

– Je pensais avoir déjà entendu beaucoup de choses dans ce monde, mais là, je dois bien avouer que tu me surprends.

Elle alla jeter un peu de poudre dans son brasier et resservit un gobelet à son visiteur.

– Sache qu'il ne faut jamais narguer les dieux, quels qu'ils soient ! Tous les secrets que je connais, je les ai appris parce qu'ils le voulaient bien. Ils ont donné le pouvoir de voler aux seuls oiseaux, et l'homme serait bien fou de vouloir les imiter.

Elle regarda fixement le soldat et adopta le ton d'une grand-mère s'adressant à son petit-enfant.

– Si chacun a la sagesse de rester à sa place, le monde ne s'en portera que mieux.

Torri se leva et réajusta sa cape. Vesuvio grimpa rapidement sur son épaule.

– Merci, la vieille. Je sais ce que je voulais savoir. D'ailleurs, je désirais seulement en avoir le cœur net.

Il allait sortir, quand la vieille l'arrêta.

– Ne cherche pas à expliquer les turpitudes des hommes par des prodiges. Il suffit souvent d'ouvrir les yeux pour découvrir que la vérité réside devant soi.

Pour combattre cette sensation de malaise

qui l'envahissait sournoisement, Torri sourit. La vieille en savait manifestement plus que ce qu'elle ne lui avait dit. À moins que quelqu'un ne lui ai colporté des rumeurs en provenance de la ville. Ou alors... Pouvait-elle discerner à distance les événements de la cité, à travers les frondaisons des arbres ?... En refermant la porte de la masure, le mercenaire se sentait moins fier qu'à son arrivée.

11

Il fallait vraiment faire preuve d'imagination pour discerner dans ce visage tuméfié la réincarnation du roi David. Verrocchio avait d'ailleurs perdu sa belle humeur lorsqu'il avait constaté l'état dans lequel son agression avait laissé Vinci. Excédé, c'est tout juste s'il s'était enquis de savoir si son ami avait récupéré de ses fatigues. Le modèle en venait même à penser que le maître le tenait pour responsable de ce qui lui était arrivé. Il régnait un silence pesant dans l'atelier, nul n'osant contredire le maître de peur de s'exposer à une réprimande immédiate.

Verrocchio se mit néanmoins au travail, façonnant le modèle préparatoire de la sculpture. Pour réussir cette œuvre dont il entendait faire le sommet absolu de son art, il avait choisi de ne pas travailler dans l'atelier mais dans ses appartements privés, et plus précisément dans la pièce qui lui faisait office de bureau. Situé au premier étage de sa vaste demeure, l'endroit était à la fois lumineux et intime. L'artiste y conservait ses multiples projets non aboutis, ainsi que les travaux de ses apprentis les plus prometteurs. Il s'était depuis longtemps pris de passion pour le thème du baptême du Christ, et de multiples études préparatoires s'y trouvaient rassemblées dans de lourdes sacoches de cuir. Vinci se rendit au fond de la pièce et se dressa face à son ancien maître, croisant les bras sur le ventre en marque de défi.

– Alors, tu vois comme il a belle allure, ton David ?

Faisant mine de ne rien entendre, Verrocchio poursuivait ses préparatifs.

– Bien sûr, tu ne pouvais pas prévoir que le fier et docile David croiserait un méchant Goliath qui lui abîmerait autant sa jolie petite tête d'ange, poursuivit le jeune homme.

– Vinci, tu sais bien qu'à la nuit tombée, les alentours de la ville ne se révèlent pas toujours sûrs. Tu n'en fais jamais qu'à ta tête ! Va donc t'étonner, ensuite, si tu tombes entre de mauvaises mains...

Le ton de Verrocchio était conciliant, comme s'il ne voulait donner aucune prise à la colère de son modèle. Vinci quitta la pose et se saisit d'une statuette de terre cuite représentant une madonne à l'enfant. Il la fixa d'un œil connaisseur.

– Rien n'est éternel sur cette terre, Verrocchio, et surtout pas la beauté. On peut briller aujourd'hui, étinceler de tous ses feux, et pourtant se faner dès le lendemain. Comme une fleur qui perd ses pétales et son odeur, pour avoir désiré manifester trop de beauté.

Le jeune homme admira une fois encore la madonne, puis la projeta contre le mur, la brisant en une multitude d'éclats qui se retrouvèrent projetés dans toute la pièce.

– Mais tu es devenu complètement fou ! s'exclama Verrocchio.

– Peut-être, mais jamais je ne me laisserai intimider ! Et par qui que ce soit ! Tu m'entends ? Ce que je t'accorde, c'est uniquement parce que je l'ai décidé. Je ne quitterai pas cette ville avant d'avoir prouvé mon talent. Et je ne me laisserai jamais étouffer, même par la sollicitude que me portent mes amis !

Surpris par une telle violence, Verrocchio peinait à trouver ses mots.

– Tu... Tu déraisonnes, Vinci. Moi, ton meilleur ami dans cette ville, j'ai toujours pris soin de te défendre lorsque je te savais attaqué.

Le jeune homme n'écoutait déjà plus. Retournant au fond de la pièce, il commença à se déshabiller. Sa tunique glissa à terre, laissant apparaître sa musculature. Docile, le modèle s'en remettait au génie de l'artiste. Verrocchio commença son ouvrage.

– Quel malheur ! Comment une chose aussi terrible a-t-elle pu se produire ? Parole de paysan, c'est le diable en personne qui a décidé de nous faire payer tous nos péchés !

Le vieux Jacopo se lamentait encore plus que de coutume, mais cette fois, sa peine était justifiée. Cela ne l'empêchait pas de progresser à bonne allure à travers les champs pour rejoindre l'oliveraie. Torri le suivait en hâtant le pas.

– Tu es absolument certain de ne pas t'être trompé ?

– Ah, *signor condottiere* ! Si je pouvais m'être trompé... Mais j'ai retrouvé sur lui la médaille de la Sainte Madone. Chacun de mes fils en porte une depuis sa naissance, et seul Daniele n'est pas rentré à la ferme cette nuit !

Les deux hommes arrivèrent sur place. De la cabane, il ne subsistait plus rien, sinon un épais tas de cendres, quelques planches mal consumées, et une forme évoquant vaguement un corps humain.

– Voici tout ce qu'il reste de mon pauvre Daniele ! gémit le vieil homme. Je sais qu'il manquait de courage, mais une telle mort est vraiment trop injuste. Il n'aurait pas fait de mal à quiconque. C'était un bon garçon...

Le vieil homme pleurait tout en parlant, et tenait fermement en main la médaille de la Sainte Madone. Jamais Jacopo n'avait paru aussi vieux qu'aujourd'hui. L'impression de force émanant d'ordinaire de lui avait totalement disparu. Il n'était plus qu'un vieillard ayant perdu ce qu'il détenait de plus cher : son vaurien de fils, auquel il avait toujours tout pardonné. Comment celui-ci l'avait-il remercié ? En lui assenant le plus cruel des coups : mourir. Désormais, rien ne pourrait plus apaiser la douleur d'un père.

– Tu comprends, *signor condottiere* ? Je lui avais toujours dit de faire preuve de prudence. Je ne comprends vraiment pas comment il a pu laisser tomber une torche dans une cabane de bois, pleine de paille sèche !

Torri releva immédiatement la remarque.

– Et pourquoi donc aurait-il pris une torche pour se rendre dans cette cabane ?

— Il lui arrivait de venir se reposer ici à la tombée de la nuit. Daniele aimait parfois s'éloigner de ses frères, se retrouver seul. Il était beaucoup plus intelligent que ses frères ne le prétendaient, tu sais.

Torri n'écoutait plus Jacopo. Mieux valait laisser le vieux se rassurer par ses illusions. De toute façon, il ne pourrait guère lui apporter les réponses qu'il cherchait. Dans un tas de cendres, le *condottiere* venait de retrouver le cadenas servant à verrouiller la porte de la cabane. Un cadenas intact, et parfaitement fermé. Aucun doute : le pauvre Daniele avait été enfermé dans la cabane avant qu'on n'y mette le feu. Ce malheureux ne possédait nullement le secret des hommes qui peuvent voler. Il n'avait eu d'autre choix que de périr de la plus terrible des façons.

12

Les jours passant, la vie à l'atelier avait repris son cours normal. Pieter en éprouvait de la déception. Il s'était tant imaginé à la veille de résoudre un grand mystère ! Et voilà qu'il devait se contenter de poursuivre sa tâche dans l'ombre de son maître. Aucune nouvelle de Torri, et il avait à peine croisé Leonardo, trop occupé à honorer le charme de la belle Maria Sanguetta. Pieter avait enfin mis la touche finale à la copie du *Baptême du Christ,* et sans subir trop de remarques de la part de Verrocchio. Un temps, il avait espéré que le maître lui confierait une œuvre plus personnelle, mais il se retrouva affecté à la mise en couleurs d'une série de petits portraits destinés à des représentants de la bourgeoisie de Florence. Bref, rien de bien passionnant. Il lui fallait bien se rendre à l'évidence : il s'ennuyait.

Ce matin, une fois de plus, il était arrivé en retard à l'atelier, après avoir eu du mal à quitter les bras de Morphée. Pour la première fois depuis longtemps, il sentait monter en lui la nostalgie du pays. Il aurait donné cher pour se retrouver, ne serait-ce que pour quelques jours, à l'ombre du beffroi de sa bonne ville de Bruges. Le sentiment de nostalgie lui était encore inconnu, et il se dit qu'il ne correspondait en rien à son âge. Il se jugeait bien trop jeune pour nourrir des regrets, mais pas encore assez vieux pour prendre la vie comme il en avait envie.

Verrocchio devenait chaque jour un peu plus absorbé par la réalisation de son David. Il ne s'était même pas rendu compte de l'arrivée tardive de son disciple. À vrai dire, tout l'atelier tournait quelque peu au ralenti, depuis que le maître s'était attelé à la tâche. Cette œuvre revêtait à ses yeux une importance capitale, et rien ne devait l'en détourner.

Vinci avait presque retrouvé son visage d'ange, et jouait à merveille son rôle de modèle. Les séances étaient pourtant fort longues, et l'immobilité contraignante. De temps à autre, il demandait à Verrocchio de le laisser souffler, et allait se rafraîchir dans la cour. Ce matin-là, en descendant les marches de l'escalier menant du bureau du maître à son atelier du rez-de-chaussée, il passa derrière Milano occupé à mettre une dernière main à un supplice de saint Sébastien.

– Prends garde, la souffrance ne doit jamais enlaidir le sujet ! lâcha nonchalamment Vinci.

Milano se retourna d'un bloc et foudroya du regard le censeur de son travail.

– Je garde pourtant le souvenir que la souffrance t'avait pas mal ravagé le portrait, non ? Pour une fois, je te trouvais plutôt moins arrogant qu'à l'habitude...

Préférant ne pas réagir à l'affront, Vinci traversa l'atelier pour se rendre dans la cour. Il allait sortir, lorsqu'il entendit Milano s'adresser à ses compagnons :

– Mes amis, ne sortez pas pour l'instant ! Le *signor* da Vinci risque de faire un sort à votre vertu... Vous pourriez fort bien prendre, à votre tour, la route des anges.

À ces mots, Vinci revint précipitamment sur ses pas. Milano eut le temps de déposer ses pinceaux, mais pas celui d'éviter le magistral coup de poing que lui décocha son rival. Il tomba à terre, au beau milieu de ses pigments et de ses pinceaux. Ses compagnons demeuraient prudemment dans le fond de l'atelier, tandis que Pieter se précipita pour arrêter Vinci qui se préparait à rouer de coups cet homme qui venait de l'insulter.

– Calme-toi, Vinci, il n'en vaut vraiment pas la peine ! Tu ne ferais jamais que lui permettre de parvenir à ses fins.

Vinci était rouge de colère. Le sang lui tambourinait les tempes, et son corps était tendu comme la corde d'un arc. Il aurait voulu s'acharner sur Milano, tant la rage qui le tenaillait était forte. Il se résolut enfin à suivre les sages conseils de Pieter, non sans agripper Milano par le col.

– Ne t'avise plus de recommencer . La prochaine fois, je serai sans pitié !

Une lueur d'angoisse passa dans les yeux de Milano qui préféra baisser les yeux plutôt que de croiser ceux de son ennemi.

Vinci était déjà en train de se rafraîchir à

l'eau de la fontaine. Seul dans son coin, Milano marmonna entre ses dents :

– Je te tuerai, espèce de chien !

13

Le *padre* Massimo regrettait de n'avoir plus les jambes de ses vingt ans. Chaque jour qui passait semblait encore ajouter au fardeau qu'il lui fallait porter sur les épaules. Toutefois, il ne s'avouait pas vaincu, bien décidé à remplir l'ensemble de ses devoirs jusqu'à ce que Dieu se décide à le rappeler à lui. Sans jamais se plaindre, il supportait chaque nouvelle douleur : la perte d'une dent, la sclérose d'un doigt, ou le raidissement d'une jambe. Il considérait ces maux comme autant d'épreuves que lui envoyait le Tout-Puissant pour éprouver sa foi

Le matin, sa première tâche consistait à aller inspecter le baptistère San Giovanni, situé à quelques pas du *duomo*. Dans cet édifice, tout lui rappelait la grandeur divine, et la grâce unique avec laquelle Florence avait su lui rendre hommage. Il ne se lassait pas d'admirer les lourdes portes de bronze qui marquaient symboliquement le passage du monde profane au domaine spirituel. Parmi tous les trésors que renfermait l'édifice, il reconnaissait volontiers une petite préférence pour la porte de l'Est, baptisée « porte du paradis ». L'œuvre du grand Ghiberti représentait avec un art inégalé des scènes empruntées à l'Ancien Testament. Que de fois n'avait-il pas médité en contemplant longuement la scène d'Adam et Ève chassés du paradis, et regretté que, sur cette terre, les hommes se montrassent à ce point éloignés de la sainteté !

Avec peine, il poussa le lourd vantail et pénétra dans le bâtiment. À cette heure du jour, dans la clarté encore timide, il avait l'impression de sortir l'édifice de son sommeil réparateur. Il sourit en se disant qu'un vieil homme comme lui pouvait parfois nourrir des pensées bien singulières... Il jeta un coup d'œil sur les murs de marbre, essuya d'un geste de manche machinal un candélabre en bronze sur lequel il veillait avec un soin tout particulier, et s'en fut allumer quelques cierges devant le tombeau de l'infortuné pape Jean. En arrivant à proximité des fonts baptismaux, il se sentit perdre l'équilibre, sans pouvoir se redresser. Son corps fut projeté au sol, comme un simple fétu.

S'il avait été moins pieux, il y a fort à parier que le *padre* Massimo aurait proféré un juron de la pire espèce. Grâce à Dieu, il savait se contrôler ! La douleur parcourait son être tout entier, et pourtant la curiosité se révéla la plus forte. Quel objet abandonné en cet endroit avait bien pu le faire tomber de la sorte ? Pour un peu, il ressentait l'envie de sermonner l'inconscient qui avait fait preuve d'autant de négligence. Il lui fallait encore quelques instants pour rassembler ses forces. Sa face gisait contre la mosaïque de marbre qui habillait le sol. Il en connaissait chaque détail, à force de l'inspecter quotidiennement pour vérifier que son entretien ne laissait pas à désirer. Il ne s'expliqua pas tout de suite les longues traces brunâtres qui en souillaient la composition. Au prix de mille efforts, il se retourna sur lui-même, et plissa les yeux. Pourquoi donc la vue baisse-t-elle à ce point, lorsque l'on parvient à l'automne de sa vie ? Ses sens ne l'abusaient pourtant pas : il s'agissait bel et bien d'une jambe, qui dépassait du large soubassement de marbre supportant les fonts baptismaux. Une longue jambe nue, tellement raide qu'elle l'avait fait trébucher, barrant le passage à la manière des troncs d'arbres qu'utilisent les bandits de grand chemin pour tendre leurs embuscades. Quand ses forces lui permirent enfin de se relever, il constata que cette jambe appartenait à un corps : celui d'un jeune garçon entièrement nu, portant une large blessure au niveau du cou. Le jeune garçon rayonnait d'une blancheur angélique – ou plutôt démoniaque, car ce blanc n'était pas celui de l'innocence, mais celui du linceul des condamnés, le blanc glacial et terrifiant de la mort. Le vieil homme se signa plusieurs fois, avant de s'enfuir du baptistère en courant. Comme il regrettait de ne plus avoir ses jambes de vingt ans pour l'entraîner loin de cette vision d'enfer !

Colpa n'était pas homme à perdre son temps. Chaque moment de la journée était dévolu à des tâches bien particulières. S'il se levait à l'aurore, c'était pour prendre connaissance de tous les dossiers, en se promettant de les régler le jour même. Rien de ce qui se passait dans la ville ne lui échappait. Il fut donc rapidement informé de la découverte macabre dans le baptistère. La gravité des faits l'incita à se rendre lui-même sur place, non sans avoir envoyé son fidèle Piccolo auprès de Torri, afin de sommer ce dernier de le rejoindre au plus vite. Comme le *procuratore* n'habitait pas très loin, il lui fallut peu de temps pour gagner le baptistère, flanqué d'un garde qui peinait à suivre son allure.

Sa longue et sèche silhouette pénétra à l'intérieur du baptistère. Le *padre* Massimo se trouvait également là, cette fois accompagné par deux ecclésiastiques officiant au *duomo*. Sans prononcer un seul mot, le magistrat commença son examen du lieu, en ne négligeant aucun détail. Un religieux rondouillard se lamentait sans relâche sur le grand malheur qui venait de frapper ce lieu sacré. Il tentait d'accrocher le regard de Colpa ou, mieux, de se voir accorder une parole réconfortante.

— Tais-toi, l'abbé ! J'ai besoin de calme pour comprendre ce qui s'est passé ici.

Se tournant vers la petite silhouette fripée du *padre* Massimo, il poursuivit sur un ton ne tolérant aucune jérémiade :

— Le baptistère reste-t-il fermé pendant toute la nuit ?

— Oui, *procuratore*. Personne n'aurait pu y pénétrer, je veille personnellement sur la clé. (Il désigna du doigt la bourse qui pendait à sa ceinture.) Tu vois, elle ne me quitte jamais !

Contrastant avec le silence qui avait accompagné l'entrée du *procuratore* dans l'édifice, l'arrivée de Torri ne passa guère inaperçue, le bruit de ses bottes résonnant lourdement sur le sol. Le mercenaire avait été tiré brusquement de son sommeil, et sa mise laissait plutôt à désirer. Il fut contraint de ressortir, lorsqu'il s'aperçut qu'il avait emmené Vesuvio avec lui dans l'enceinte sacrée.

– Regarde, Torri, et constate que je me trompe rarement ! lui lança Colpa à son retour.

Le *procuratore* entraîna son homme d'armes près des fonts baptismaux. Le corps n'avait pas encore été déplacé. Selon toute vraisemblance, le jeune homme n'avait pas encore atteint ses 18 ans. Ses traits étaient réguliers, et sa longue chevelure noire soulignait davantage encore la blancheur de son teint. Le corps ne portait aucune trace de lutte, ni aucune marque de lien. Il gisait à terre, sur le dos, tel un pantin triste qui aurait perdu son manipulateur.

– Un seul coup de lame au travers du cou a suffi à le saigner comme un agneau que l'on mène au sacrifice ! soupira Torri.

– Oui, et de toute évidence, notre agneau y a mis du sien, compléta Colpa. Sans compter qu'une fois de plus, la mise à mort s'est déroulée dans un lieu parfaitement clos. À croire que le coupable s'est envolé dans les airs après avoir commis son forfait ! Tu devrais peut-être scruter le ciel pour faire avancer ton enquête, non ?

Torri dut prendre sur lui pour ne pas réagir à cette note d'ironie. Il supportait de moins en moins l'arrogance de cet homme auquel, par malheur, il se trouvait lié.

Le *procuratore* se caressa le menton afin de ménager un petit effet d'annonce, puis il décocha sa dernière flèche :

– À moins que tu ne te résolves, enfin, à accepter cette vérité que tu t'obstines à nier.

Colpa tira de sa manche une large feuille couverte de dessins. Il la tendit à Torri qui entreprit de l'examiner.

– Des ailes, des oiseaux, une machine... Je n'y comprends rien de rien.

Colpa sourit.

– Tu le sais, je suis un esprit simple, qui ne s'encombre pas de sous-entendus. Je voulais seulement te faire comprendre que certains génies devraient commencer à s'inquiéter un peu pour leur avenir. La sécurité de cette ville en dépend.

Le *condottiere* ne devinait que trop sur quel terrain le *procuratore* voulait l'entraîner. Certes, il reconnaissait dans ces dessins la main de Leonardo da Vinci, mais quelle conclusion en tirer ? Cette preuve lui paraissait surgir de manière trop miraculeuse... Le peintre se serait donc envolé dans le ciel grâce à un ingénieux mécanisme, afin d'échapper à la justice des hommes ? À moins que la sorcière ne lui ait menti, et qu'il n'existât vraiment une manière diabolique de s'enfuir par-delà les nuages...

– Donne-moi encore un peu de temps, *signor procuratore*. La vérité ne réside pas nécessairement là où certains nous conduisent avec trop de facilité.

Colpa fit une moue dédaigneuse.

– Je vais finir par perdre confiance en toi. Prends garde, *condottiere* ! Les hommes comme toi ne manquent pas, dans cette ville. Désormais, tu t'abstiendras de toute initiative, tu te contenteras d'obéir à mes ordres. À présent, va !

Torri ne se fit pas prier. Il serra les dents et quitta l'enceinte sacrée.

Si ce dernier n'avait été porteur d'aussi mauvaises nouvelles, Pieter Linden se serait réjoui de retrouver Torri. Hélas ! Implacablement, jour après jour, l'étau se resserrait autour de Vinci. Pris dans la nasse d'un filet, ce dernier s'y emmêlait de plus en plus, à mesure qu'il tentait d'en sortir.

– Il faut absolument que j'aille parler à Vinci. Nous devons poursuivre notre enquête, mais aussi le mettre à l'abri, en attendant que la vérité n'éclate.

Pieter avait réussi à faire de sa modeste chambre un endroit accueillant, sur lequel flottait même l'un ou l'autre parfum de sa Flandre natale. Il y avait disposé quelques épis de houblon séchés qu'il avait emportés avec lui, une représentation du beffroi de Bruges, peinte de mémoire pendant le voyage, et un morceau de tapisserie représentant un lion, offert par sa mère pour sa fête.

– Torri, tu ne réagis pas ! Ne penses-tu pas que nous devons le protéger ? Contre les autres, bien sûr, mais aussi et peut-être surtout contre lui-même.

Embarrassé, le mercenaire se contenta d'une grimace évasive qui déclencha une réaction immédiate de Pieter :

– Comment ! Ne me dis pas que, toi aussi, tu envisages sérieusement la culpabilité de Vinci ? Tout cela ressemble furieusement à une machination...

Torri paraissait de plus en plus gêné.

– Moi aussi, je trouve cette affaire des plus suspectes. Toutes les pièces de cette charpente s'emboîtent trop facilement. Il n'en reste pas moins que le seul coupable auquel mènent les indices trouvés jusqu'à présent, c'est Vinci.

Pieter sentait le feu ardent de la colère monter en lui.

– De quels indices parles-tu ? Un dessin ? Des traces de peinture ? L'envol mystérieux d'un démon ? Tu me déçois, Torri. Je te pensais beaucoup moins crédule, et surtout plus courageux.

Fou de rage, Pieter envoya un grand coup de poing dans le mur. Puis il tourna le dos au *condottiere* qui éprouvait un impérieux désir de corriger ce jeune insolent. Affolé par tout ce remue-ménage, Vesuvio courut se réfugier entre les jambes de son maître.

– Pieter, tu es encore trop jeune pour bien comprendre le manège des hommes. Accorde-moi ta confiance, et sache que je ne laisserai pas condamner Vinci sans preuve. En retour, j'espère pouvoir continuer à compter sur toi dans cette affaire.

Pieter se retourna. De ses yeux rougis, il fixa le soldat.

– Non, Torri. Je ne peux être le complice d'un simulacre de justice. Contrairement à toi, je ne dépends pas aveuglément d'une main qui me nourrit. Laisse-moi au moins tirer les bénéfices de cette liberté.

Le *condottiere* en conclut qu'ils n'avaient plus rien à se dire. Il quitta la pièce, emportant avec lui le cruel sentiment de souffrir plus encore de la solitude. Sans compter que son ami ne connaissait pas la délicate mission qu'il devait à présent accomplir...

14

L'office était à l'image de l'apothicaire Pinzetto : petit et inattendu. Il était impossible de deviner quelle fiole voisinait avec tel flacon ou telle boîte, tout comme on ne pouvait prévoir les réactions de l'homme. Au gré des jours, et de ses humeurs, il pouvait se montrer le plus charmant et le plus bavard des hommes, ou bien se taire obstinément et en vouloir à la ville entière. Maria avait appris à s'en accommoder. Mieux que quiconque, elle savait transformer une mauvaise tête en figure avenante, et rendre l'atmosphère de l'office instantanément plus agréable.

Aujourd'hui, Pinzetto s'était levé du pied gauche. Il jugeait que rien n'allait comme il l'entendait, se lamentait d'avoir pris trop de retard pour honorer ses commandes. Il avait résolu de reprocher à Maria son manque d'assiduité au travail depuis qu'elle avait l'amour en tête, en faisant peser sur elle toute la responsabilité de ces contretemps.

Maria avait trouvé son patron particulièrement bougon, occupé à préparer quelque mélange délicat, à l'ombre de ses fioles. Il n'avait pas attendu qu'elle noue ses cheveux pour commencer à l'assaillir de reproches, lui faisant remarquer la grande mansuétude dont il avait fait preuve en l'engageant, et déplorant sa terrible ingratitude. La jeune fille avait d'abord essayé le sourire. Sans grand succès. Il en faudrait bien plus pour dérider Pinzetto. À regret, elle sortit sa botte secrète, en lui promettant pour très bientôt des racines rares que sa grand-mère avait obtenues d'un marchand ambulant venu des terres barbaresques.

– Tu es certaine de ce que tu me promets ? Tu ne dis pas cela pour gagner ma clémence, te faire pardonner tes errances ? répliqua l'apothicaire, suspicieux.

– Totalement certaine. La prochaine fois que je me rendrai chez ma grand-mère, je ne manquerai pas de t'en ramener un plein panier.

À ces mots, Pinzetto mania plus joyeusement ses fioles et commença à siffloter. Tout compte fait, la journée se déroulerait mieux que prévu. Il ne conserva pas longtemps son sourire : alors que Maria se chargeait du rangement dans l'arrière-boutique, une silhouette – beaucoup trop familière, au goût de son patron – faisait les cent pas devant l'office.

– Maria ! Si tu ne dis pas à ton joli cœur d'arrêter de rôder autour de la boutique, je serai obligé de faire appel aux gardes. Peu m'importe qu'il soit dans les bonnes grâces du seigneur Rienzi ! Tu m'entends ? Peu importe !

Leonardo comprit bien vite qu'il avait été repéré. Il résolut de se faire plus discret, tout en souhaitant ardemment que Maria sortirait pour le rejoindre quelques instants. Le temps de faire quelques pas, il aperçut deux hommes d'armes se diriger vers la boutique de l'apothicaire. En les voyant pousser la porte, Pinzetto manqua laisser tomber la fiole qu'il était occupé à manipuler.

– Apothicaire, est-ce que la dénommée Maria Sanguetta se trouve ici ?

– Euh ! oui. Elle travaille dans mon office. Que lui voulez-vous ?

– Ordre du *procuratore* ! Il nous faut lui parler sur-le-champ !

Depuis l'arrière-boutique, Maria n'avait rien perdu de cet échange de répliques. Inutile d'espérer que Pinzetto la protégerait ! Elle ne se faisait aucune illusion : elle connaissait trop sa lâcheté, son attitude soumise face à toute manifestation d'autorité. Elle gravit rapidement les quelques marches menant au premier étage de la petite maison, là où son patron entreposait les ingrédients servant à composer ses préparations. Enjambant un faisceau d'épis de blé, elle manqua trébucher sur des noix d'Orient, ces fruits qui possèdent la propriété rare de rendre aux hommes leur virilité. Elle se dirigea vers la petite fenêtre qui donnait sur la rue, poussa le volet de bois et sortit la tête au-dehors. Elle jaugea la hauteur, et se remit en mémoire les acrobaties auxquelles elle se livrait dans les arbres, quand elle était enfant. Plus bas, Leonardo tenta d'attirer son attention. Peine perdue. Maria semblait comme folle, tel un animal pris de panique quand il sent qu'il va tomber dans le piège du chasseur.

Elle sauta, tandis que Leonardo étouffait un

97

cri : les hommes d'armes avaient déjà quitté
l'office de l'apothicaire. Il ne leur restait plus
qu'à cueillir cet oiseau tombé du ciel.

– Au nom du *procuratore*, tu vas nous
suivre !

– Mais pourquoi ? Je n'ai rien à me reprocher...

– Si tu as la conscience tranquille, pourquoi
donc chercher à fuir !

Jugeant qu'il ne pourrait lui être d'aucune
utilité, Leonardo se cacha dans l'encoignure
d'une porte. Les larmes lui vinrent aux yeux
quand il vit les deux hommes emmener sa
tendre amie. De quel crime pouvait-on bien
l'accuser ? Et comment pourrait-il la sauver ?

Cela faisait bien longtemps que Leonardo
n'était plus venu saluer son ami Pieter à l'atelier. L'apprenti devina tout de suite qu'il avait
dû se passer quelque chose, et posa en hâte son
pinceau pour aller à sa rencontre.

– Attention, les amis ! Le Flamand vient de
trouver un nouveau prétexte pour abandonner
son travail. Le maître sera content d'apprendre
avec quel acharnement il remplit la mission
pour laquelle il a eu la bonté de l'accueillir dans
son atelier...

Depuis son affrontement avec Vinci, Milano
n'avait de cesse de défier Pieter devant les autres.
Il se moquait de sa méconnaissance de l'italien,
de son accent ridicule, ne ratant pas une occasion
d'insister sur son évidente infériorité artistique.

Pieter fut d'abord tenté de répliquer. Constatant la mine défaite de Leonardo, il préféra s'en abstenir. Milano ne perdait rien pour attendre ! L'apprenti mena son ami au-dehors pour échapper aux regards trop insistants des membres de l'atelier. De toute évidence, l'homme de confiance de Rienzi était bouleversé. Il semblait avoir pleuré, et son regard trahissait un profond désespoir.

– C'est affreux ! Ils ont arrêté Maria !

– Comment ? Qui a pu prendre une telle décision ?

Leonardo se prit la tête entre les mains, comme s'il répugnait à revivre toute la scène.

– Les hommes du *procuratore*, à l'office de Pinzetto.

Pieter réfléchit. Si vraiment les hommes du *procuratore* étaient mêlés à cette affaire, alors l'arrestation avait dû être menée par Torri en personne. Leonardo poursuivait :

– Je voudrais désespérément l'aider, mais comment ? Ils ne peuvent pas la garder comme ça, sans raison ! Je suis venu te voir en espérant que tu pourrais faire quelque chose, grâce à tes bonnes relations avec ce *condottiere*...

Ce nouveau coup d'éclat du *procuratore* n'était guère de nature à réchauffer les relations de Pieter avec Torri. Il avait beau réfléchir, il ne discernait pas la raison pour laquelle Colpa faisait tomber le couperet de la justice sur Maria. Il se serait plutôt attendu à le voir arrêter Vinci.

Pieter restant absorbé dans ses pensées,

Leonardo se montra agacé de ne pas susciter chez son ami davantage de réaction.

— Tu peux me croire : si tu refuses de m'aider, je suis déterminé à aller la libérer moi-même. Le *procuratore* ne me fait pas peur, et je suis certain que je pourrai bénéficier de la protection du seigneur Rienzi.

— Tu divagues ! Ne fais pas n'importe quoi ! Tu sais très bien que le pouvoir du *procuratore* est immense, dans cette ville. Tout ce que tu gagneras, c'est de te retrouver enfermé, comme Maria. Laisse-moi faire. Je vais aller parler au *condottiere* Torri. Mieux que quiconque, il doit connaître les raisons de cette arrestation.

— Je viens avec toi !

— Non, reste au palazzo Rienzi. Je préfère m'occuper seul de cette affaire. Ma démarche éveillera moins les soupçons.

La résolution de Pieter était prise : il irait parler à Torri. Pour autant, il lui était impossible de quitter tout de suite l'atelier. Son travail n'avait déjà pris que trop de retard. Se remettant à son ouvrage, il s'aperçut à son grand déplaisir que son pinceau avait disparu. Sans doute un nouveau mauvais coup de Milano... Il ne dit mot, et partit en chercher un autre dans la réserve.

— Psst ! Pieter !

Dans la pénombre, l'apprenti distingua une silhouette familière.

— Vinci ! Que fais-tu ici ? Je te croyais chez le maître, en pleine séance de pose.

– Je me suis fait excuser pour aujourd'hui. À vrai dire, je cherchais surtout à me cacher. Depuis peu, je me sens suivi. Au début, il ne s'agissait que de soupçons ; à présent, j'en suis sûr.

Il posa sa main sur l'épaule de son ami.

– Pieter, sois-en convaincu : ils n'attendent qu'une seule occasion, un seul faux pas de ma part pour m'arrêter.

Pieter partageait cette vision des choses. Il aquiesça, puis raconta au peintre l'arrestation de Maria, ainsi que sa discussion avec Torri. Bien sûr, ces révélations inquiéteraient encore davantage son ami, mais il lui semblait que celui-ci devait être tenu au courant de tout ce qui s'était passé.

– Te cacher ici ne constituerait pas une bonne idée : tu donnerais l'impression d'avoir peur. Au contraire, tu dois continuer à vivre comme avant. Après tout, tu n'as rien à te reprocher !

Vinci, d'ordinaire si fier et si entier, donnait l'impression d'un petit enfant en proie au doute. Il baissa la tête comme pour donner raison à Pieter, attendant la suite de ses instructions.

– Je vais me rendre chez le *procuratore* pour en savoir plus. Pendant ce temps, tâche de te comporter de manière habituelle.

Vinci lui serra la main en guise de remerciement et quitta la réserve. De son côté, Pieter retourna à son chevalet. Tout en travaillant à sa toile, il songea qu'il avait désormais deux amis à aider. Il allait devoir jouer serré. Il se dit également qu'il allait lui falloir affronter Torri de manière directe, ou bien lui faire croire qu'il se rangeait de son côté, afin d'endormir sa méfiance... L'idée méritait au moins d'être creusée.

15

Il y avait des chances que Torri débarque à l'*Albergo delle Stelle*, et pourtant, Pieter ne voyait rien venir. Il avait la désagréable impression de perdre son temps à attendre quelqu'un qui ne montrerait jamais le bout de son nez. Il sentait aussi poindre en lui une légère dose d'agacement. Depuis le début, les événements lui échappaient. Il en était réduit à l'impuissance face à leur inéxorable déroulement. Pour ne rien arranger, ses amis comptaient sur lui, et il se sentait incapable de leur apporter une aide quelconque. Il avait beau réfléchir, il ne voyait aucune issue aux problèmes auxquels il était confronté. Pour faire taire sa rage, il n'avait rien trouvé de mieux que de commander une pleine cruche de vin rouge. S'il avait appris à apprécier ce divin breuvage, il ne se révélait pas encore en mesure de le supporter aussi bien que sa bonne vieille bière flamande.

Grâce à l'aide précieuse de Bacchus, Pieter, réussissant à dépasser sa timidité naturelle, aborda une petite serveuse aux cheveux noirs. Il commença par lui proposer de boire un verre avec lui, puis la complimenta sur la beauté de ses cheveux, et enfin poussa l'audace jusqu'à lui demander quand elle terminerait son service. Peu familier de ce type de charge frontale, l'apprenti constata à son grand étonnement toute l'efficacité de la stratégie.

Il venait de commander une seconde cruche quand il aperçut une silhouette connue pousser la porte de l'auberge. Torri enleva sa grande cape brune et son furet se dressa sur son épaule, pointant le museau pour mieux humer les parfums de viande grillée qui flottaient dans l'air. Tout à ses occupations galantes, Pieter ne songeait plus du tout à son affaire. Il éprouva quelque peine à rassembler ses esprits pour s'adresser au *condottiere*. Il ne savait même plus s'il avait résolu de lui battre froid, ou de feindre de se ranger de son côté ! *Hemel* ! Il lui restait quelques instants pour décider de son attitude, tout en pestant contre le sort qui l'empêchait de poursuivre son entreprise de conquête auprès de la belle serveuse... dont il avait déjà oublié le nom ! Au fait, avait-il seulement songé à le lui demander ?

– *Buona sera,* Pieter ! Je vois que tu as décidé de prendre la vie du bon côté !

Ignorant la remarque empreinte d'ironie, Pieter décida de jouer franc-jeu, sans user d'une diplomatie aussi hypocrite qu'inutile.

– Je suis surtout venu ici pour te voir, Torri. J'ai appris l'arrestation de Maria, ainsi que la filature dont Vinci fait l'objet. À quel jeu vous jouez, toi et tes hommes ? Et de quel droit le *procuratore* fait-il ainsi usage de ses pouvoirs ? Comment puis-je t'aider, si j'ignore tout de tes intentions ? Disposes-tu seulement de preuves ?

L'arrivée de la serveuse à leur table eut pour effet de le faire taire instantanément.

– En tout cas, je détiens la preuve que tu n'es pas insensible au charme de la belle Sofia, lâcha Torri en faisant un clin d'œil à la jeune fille.

Il n'en fallut pas davantage pour faire rougir Pieter, et lui faire oublier le fil de ses pensées. Sentant naître en lui une pointe de jalousie, il alla jusqu'à s'imaginer que Torri et la serveuse se connaissaient mieux qu'ils ne le laissaient paraître.

– Écoute, Linden. Je t'ai parlé de ma fidélité envers la main qui me nourrit, mais ce n'est pas une raison pour agir contre ma conscience. Je connais bien Maria, tout comme sa grand-mère, notre idée n'était pas d'arrêter une sorcière. Et je ne te cache rien, pour la simple raison que je continue à te faire confiance.

Torri se servit un gobelet de vin.

– Nos hommes surveillent Maria depuis quelque temps. Ils l'ont suivie à plusieurs reprises jusqu'à l'atelier de Verrocchio, où elle doit sûrement rencontrer Vinci.

– Ton histoire ne tient pas debout, ils ne se connaissent même pas ! Tu peux me faire confiance : je suis bien placé pour savoir ce qui se passe dans l'atelier où je travaille.

– Cela ne t'a nullement empêché de te faire surprendre par Vinci dans la réserve !

Comment Torri pouvait-il avoir été informé de cette rencontre ? Pour un peu, Pieter finirait par croire que le véritable sorcier de cette histoire, c'était lui !

– Ce n'est pas le plus grave. La veille du crime, non loin du baptistère, plusieurs témoins ont aperçu Maria. Elle n'avait rien à faire par là.

– Comment peux-tu dire une chose pareille ? Chaque jour, tout Florence passe et repasse cent fois devant le baptistère chaque jour. Cela ne fait de personne d'entre nous un assassin !

– Tu peux penser tout ce que tu veux du *procuratore,* mais sa police est bien faite. Nul mieux que lui ne connaît les activités de chacun dans cette ville. Il n'est pas facile d'échapper à son contrôle.

Songeant à ce que lui avait demandé son ami Leonardo, Pieter se trouvait bien embarrassé. Torri semblait d'ailleurs pouvoir lire dans ses pensées :

– Je me doute bien que tout ceci doit être difficile à supporter pour Leonardo, mais je vous engage à ne pas commettre d'actes que vous pourriez regretter par la suite. Vous ne pouvez pas vous substituer à la loi...

– Et Vinci, alors ? hasarda Pieter, tout en craignant la réponse du *condottiere.*

– Tu le sais, tout comme moi : le *procuratore* ne le porte pas dans son cœur, mais cette fois, il semble avoir rassemblé des preuves irréfutables de sa culpabilité.

– Des preuves ?

– Dans le baptistère, on a retrouvé plusieurs dessins. De la main de Vinci, selon toute vraisemblance.

– D'où vient cette certitude ?

– Son style, tout d'abord, mais aussi les su-
jets. Ces dessins représentent des oiseaux en entier, des battements d'ailes, ainsi que de drôles
de machines volantes.

Pieter ouvrit grands les yeux.

– Tu ne vas quand même pas soutenir sérieusement que Vinci a inventé une machine volante
pour s'enfuir des lieux où il est censé avoir accompli ses forfaits ?

– On a connu d'autres prodiges.

Pieter avait tout oublié : le vin, la serveuse,
l'enquête... Ce qu'il venait d'entendre dépassait
tout ce qu'il aurait pu imaginer.

– Mais Torri, réfléchis... En admettant
qu'une telle machine existe, encore lui faudrait-
il traverser les toits !

– Je ne suis pas à même d'en juger. Je sais
seulement que Maria lui rend régulièrement visite, et que la grand-mère de celle-ci possède des
pouvoirs dont on ne peut imaginer l'étendue.

Pieter se sentait sur le point d'exploser.

– C'en est vraiment trop ! J'espérais que
nous pourrions travailler ensemble, mais je
crains bien que le *procuratore* t'ait définitivement transmis son venin.

L'apprenti se leva d'un bond, bien décidé à
passer des paroles aux actes.

– Je suis déçu, Torri. Vraiment très déçu.
Rien ne me détournera de ma mission, et tant pis
s'il me faut agir seul !

– Prends garde, petit ! Je ne pourrai pas te
défendre si tu outrepasses tes droits.

Faisant mine de n'avoir rien entendu, Pieter quitta l'auberge. Après avoir effectué quelques pas, il tourna le coin de la rue. C'est alors qu'il sentit le frôlement d'une main qui se posa délicatement sur son épaule. Il se retourna. Le sourire de Sofia le tira instantanément de ses mauvaises pensées. Grâce à Bacchus et à Vénus, la nuit allait finir mieux qu'elle n'avait commencé !

16

Dès l'origine, on avait bien veillé à construire le pont à l'endroit précis où le lit de l'Arno se faisait le plus étroit. Les arcades qui le scandaient abritaient les étals des bouchers et des tanneurs. Du matin au soir, ils déversaient leurs déchets dans le fleuve, transformé en véritable égout. Raison pour laquelle l'odeur y régnant les jours de grande chaleur se révélait souvent insupportable. Aucun désagrément de la sorte ne venait perturber cette nuit de pleine lune, qui baignait le Ponte Vecchio d'un halo d'irréalité. Une fois la nuit tombée, les hommes d'armes n'osaient s'aventurer dans ce lieu réputé pour sa mauvaise fréquentation. Tous ceux qui s'y risquaient connaissaient les dangers de ces arcades sombres. Il est vrai qu'ils savaient également ce qu'ils étaient venus y chercher.

Michele Sanpietro allait de temps à autre s'y promener, lorsqu'il se sentait enclin à suivre les élans de sa nature humaine. Il avait déjà eu le temps de faire l'aller-retour à plusieurs reprises des deux côtés de la berge, lorsqu'il aperçut une ombre se glisser furtivement d'arcade en arcade. À la faveur de la lune, il était possible de distinguer les silhouettes presque comme en plein jour. Celle-ci appartenait à un jeune homme, plutôt grand et bien bâti. Il portait une tunique claire sur laquelle se détachaient de longs cheveux, noirs comme les sombres desseins des hommes. Michele avait une longue pratique de l'âme humaine, un privilège que lui conférait son âge avancé, contre lequel il avait décidé de ne plus se battre en vain. Ayant connu la chance de naître riche, il n'avait eu d'autre souci durant toute son existence que de consacrer son argent à combler ses plaisirs. Amoureux de la beauté, il avait providentiellement déniché la plus belle des épouses, celle-ci manifestant le bon goût de lui donner deux superbes enfants. Cette vie familiale ne satisfaisait pas tous ses désirs, loin de là, et il lui fallait trouver dans l'art le refuge nécessaire pour s'élever quelque peu l'esprit, quitter la médiocrité de cette existence terrestre. Il ne mit pas longtemps à décrypter le manège du jeune homme, et préféra l'interpeller plutôt que de jouer la comédie.

– Belle nuit, n'est-ce pas ?

Le jeune homme se figea brusquement.

– Euh ! oui, la lune est généreuse.

– Je suis content de te rencontrer. En fait, tu corresponds parfaitement au genre d'homme que je cherchais.

– Ah bon ? fit le jeune garçon.

– Laisse-moi t'expliquer. Je suis collectionneur, et je cherche des modèles pour enrichir ma collection de sculptures à la manière de l'antique. Tout, dans ta physionomie, me rappelle Apollon.

Ne s'attendant pas à une telle déclaration, le jeune homme sourit.

– Alors, insista Michele, es-tu prêt à me suivre ? Tu seras bien payé, n'aie crainte.

Le jeune homme parut hésiter.

– Si tu viens maintenant, nous pourrons déjà réaliser quelques croquis.

Pour toute réponse, il n'obtint qu'un long silence.

– Quinze ducats pour l'amour de l'art ?

– D'accord !

Le vieil homme sourit, heureux de s'être montré convaincant à si bon compte. Les deux hommes eurent à peine le temps de faire quelques pas : quatre hommes en armes surgirent de l'autre côté du pont et vinrent les rejoindre. Le jeune homme se retourna vers Michele. Dans son regard se lisait non la surprise, mais plutôt un air de victoire. Il dévisagea l'homme qu'il avait fait mine de suivre, et lui lança d'un ton triomphant :

– Nous te tenons enfin, *diavolo* !

– Il faut reconnaître que nous commençons à avoir beaucoup trop de coupables dans cette affaire ! soupira Torri.

L'ironie de la remarque ne fit pas sourire le *procuratore*. Songeur, il caressait lentement le pommeau de l'épée qu'il avait l'habitude de poser sur la table où il travaillait. L'arme voisinait avec un haut crucifix de bronze et flanquait un lourd recueil des lois et coutumes propres à la ville de Florence. Colpa ne se séparait jamais de ces trois objets, qu'il considérait comme les

symboles exemplaires de la grandeur de sa cité.
Selon lui, l'ordre public devait réunir dans un
même élan l'Église, l'armée et la justice. En revanche, il tenait en piètre estime les hommes
politiques, qu'il associait systématiquement à la
corruption des affaires.

– Certes, répondit-il, mais si aucun de nos
trois suspects n'a avoué, l'un d'eux a été pris la
main dans le sac. La justice des hommes ne
peut que suivre les signes envoyés par la
Providence.

Pour Torri, la clairvoyance divine n'avait rien
à voir dans tout cela. Il s'agissait tout bonne-
ment d'une embuscade qui avait bien fonc-
tionné. Il examina avec attention le *procuratore*
plongé dans ses réflexions. Il n'avait jamais
aimé cet homme trop froid, trop arrogant.
Paradoxalement, il ne s'était pourtant jamais af-
franchi d'une certaine fascination envers lui.
Impossible de résister à la puissance de son raisonnement, de ne pas succomber à la force de
son intelligence ! Mais chez Colpa, comment
faire la part entre Dieu et le diable, qui devaient
âprement se disputer son âme ?

Torri se demandait quelle décision Colpa allait prendre ? Relâcher Maria pour manque de
preuve ? Innocenter Vinci ? Ou, au contraire,
l'appréhender ? Ferait-il peser tout le poids de
la faute sur Michele qui, en ce moment même,
subissait un interrogatoire musclé dans les
caves de la maison ? Arriva ensuite la seule, la
grande question : désirait-il réellement décou-

vrir la réalité, ou ne cherchait-il, en définitive, qu'à confirmer les soupçons que lui inspiraient ses préjugés ?

La longue silhouette de Colpa évoluait presque sans bruit dans la pièce. Comme un corbeau se laissant planer avant de se poser sur le sol, il s'immobilisa devant l'âtre de la cheminée.

– Je ne peux pas relâcher la fille. Pas encore. Des soupçons continuent à peser sur elle. Je crois en la culpabilité du pervers que nous venons d'arrêter. Il lui faudra payer de manière exemplaire, et peu m'importe l'importance de sa famille. (Le *procuratore* laissa le silence s'abattre à nouveau sur la pièce, avant de conclure presque à regret :) Quant à Vinci, qu'il continue à voler en liberté. Nous nous contenterons de le suivre de près. Je ne m'inquiète pas : la cage n'est jamais loin, pour l'oiseau qui se rebelle...

Le verdict était tombé : pas de liberté pour Maria ; châtiment pour Michele ; liberté hautement surveillée pour Vinci. Colpa ne tranchait pas en connaissance de cause ; il se contentait de se fier aux apparences. Troublé, Torri se courba pour témoigner toute sa fidélité à son employeur, puis il quitta la pièce. Ses pas le menèrent vers les caves de l'édifice. Le procureur avait veillé à les aménager lui-même, jusque dans les moindres détails.

Le simple fait de descendre les quelques marches de pierre de l'escalier à vis revenait à effectuer un voyage dans le temps. Dans l'ambiance médiévale de ce lieu, rien qui évoquât le raffinement de la vie florentine. De lourds anneaux de métal étaient suspendus aux murs. Il arrivait que des suspects y restent accrochés des jours durant, sans pouvoir s'asseoir, au risque de s'arracher la chair des poignets. Au milieu de la cave, une haute et étroite cage présentant les formes d'un corps humain empêchait ses occupants de faire le moindre mouvement. Elle était réservée aux interrogatoires les plus difficiles. Plus loin, une large table de bois munie de sangles de cuir cloutées permettait de maintenir immobile le supplicié, tandis qu'on lui appliquait l'une ou l'autre question. Le fonctionnaire chargé de la délicate tâche des interrogatoires régnait sans partage sur cet antre de Satan. Fouets, pinces, gourdins, entonnoirs... Il veillait avec un soin maniaque sur son attirail, interdisant à quiconque de mordre sur son territoire. Encouragé par Colpa, il avait élevé sa technique au rang d'un art, y gagnant un renom qui dépassait de loin les murs de la ville. Il importait peu que la loi interdise certaines pratiques : le *procuratore* était de ceux qui pensaient que la recherche de la vérité autorisait toutes les méthodes.

Quand il aperçut Michele, Torri se dit que le bourreau n'y avait pas été de main morte. Le vieil homme semblait à bout de souffle, prostré dans un coin de la cave. Les mains étroitement liées derrière le dos, il portait un bâillon ensanglanté autour de la bouche.

– Mais enfin, pourquoi t'es-tu acharné de la sorte, bourreau ? Sais-tu qu'il s'agit d'un représentant d'une grande famille de la ville ?

Le gros bonhomme sourit, comme s'il venait d'entendre une histoire plaisante.

– Oh ! je n'ai pas fait grand-chose. Il est tellement douillet qu'il a commencé à hurler avant même que je ne le touche. Il s'est comporté comme un fou, et s'est mordu la langue. Voilà pourquoi le sang a coulé.

Les deux hommes contemplaient la silhouette de Michele gisant à terre.

– Le seul problème, c'est qu'il s'est tellement entaillé la langue qu'il ne peut plus parler. Et comme Colpa attend des aveux, bien sûr, je ne sais plus quoi faire...

En d'autres circonstances, Torri aurait probablement trouvé la situation cocasse : le chien dévoué du procureur avait abîmé le principal suspect dans une affaire !... En outre, la haute position sociale du supplicié pouvait se retourner contre l'homme de loi. Néanmoins, le *condottiere* savait très bien que Colpa n'était pas homme à se laisser impressionner par la richesse d'un homme dont il était convaincu de la culpabilité.

– Enferme cet homme dans une cellule propre, et pas trop humide. Dans cet état-là, il ne pourra rien nous apprendre.

Torri quitta l'atmosphère pesante de la cave. Derrière lui, les râles de Michele manifestaient-ils un remerciement de sa part ? L'envie de lui

parler, peut-être ? Ou, tout simplement, la souffrance ?

Il fallait absolument résoudre ces mystères.
D'autres drames risquaient de se produire, Torri
en avait l'atroce pressentiment. Pour démêler ce
sac de nœuds, il devait d'abord reconquérir la
confiance de Pieter Linden.

17

Où était passé son enthousiasme, son envie de créer, sa passion d'inventer ? Il se sentait épuisé, comme s'il avait couru pendant des heures à travers les champs de son enfance, sans but précis. Les séances de pose lui paraissaient toujours aussi interminables. Au début, il s'occupait en retournant mille fois dans sa tête toutes les pensées qui l'obsédaient. Au fil des jours, son esprit s'était vidé. Il offrait son image en pâture à Verrocchio, sans songer le moins du monde à l'usage que ce dernier en ferait. Insensiblement, son corps devenait objet. Cette œuvre qui prenait peu à peu naissance sous ses yeux, elle n'était pas sienne. Il ne s'agissait pour lui que de céder, à titre temporaire, une image dont il ne se sentait nullement dépositaire pour toujours. S'il mettait beaucoup de fougue à revendiquer son talent, il ne tirait aucune fierté de sa grande beauté, se contentant de constater l'effet qu'elle produisait sur les autres. Il savait gré à Verrocchio de le soutenir, mais sans pour autant s'en montrer dupe. Depuis quelque temps, il avait appris à vivre avec des ombres qui le suivaient quand il marchait dans les rues de la ville. Il les retrouvait jusque dans les endroits où il aurait tant aimé se retrouver seul.

Aujourd'hui, il était resté plus tard que de coutume à l'atelier. Verrocchio travaillait au visage de son David, et éprouvait quelque peine à capter chez son modèle l'émotion qu'il recherchait. L'artiste avait fait montre d'une très mauvaise humeur, refusant obstinément de libérer Vinci avant d'avoir résolu le problème qui l'obsédait.

Le jour était tombé depuis longtemps quand Vinci quitta l'atelier en éprouvant un grand soulagement. Pieter lui avait proposé d'aller boire un verre dans une auberge, mais il n'en ressentait nullement l'envie. Il regrettait d'ailleurs de ne pas accorder davantage d'attention à ce jeune homme qui ne cessait de lui apporter son appui. En peu de temps, à bien y réfléchir, ce petit Flamand était devenu son ami le plus sûr et le plus cher.

En arrivant devant chez lui, il résolut d'inviter Pieter le lendemain soir pour le remercier de toute sa sollicitude. Il gravit les marches menant au premier étage de la maison, traversa le grand couloir et parvint à la raide échelle de bois qui conduisait à son atelier. Il pesta contre le luxe de précautions que lui imposait le propriétaire quand il eut à ouvrir les différents cadenas verrouillant la porte. La maison était sûre, pourtant, et le quartier réputé pour le calme qui y régnait. Par-delà le cliquetis des cadenas, il crut distinguer un bruit différent : net et rapide, tel celui d'un petit animal qui s'échappe, surpris par un visiteur indésirable. Il songea tout d'abord à un chat qui se serait faufilé à travers les poutres du toit ou peut-être même un rat. Ils pullulaient tellement, cette année, que cela ne l'aurait pas étonné outre mesure. Saisissant une torche dans le couloir, il poussa enfin l'huis de son atelier. Comme il appréciait de retrouver cet endroit, où il s'était composé son propre univers ! Il s'agissait même de l'unique lieu à Florence dans lequel il se sentait bien, à l'écart des hommes envieux de son talent et de ceux qui l'ignoraient. Pourtant, ici aussi, bientôt, il ne serait plus chez lui...

À la lueur de la torche, il ne lui fallut pas longtemps pour discerner les contours de la silhouette qui gisait à même le sol. L'expression de ce jeune homme d'une vingtaine d'années ne trahissait aucune crainte. Entièrement dévêtu, il portait la main à son cou, un cou sur lequel ressortait une longue et profonde entaille rouge. Face à lui, un chevalet supportait une toile. En contraste frappant avec la blancheur du tissu, de larges traits rouges et bruns y figuraient. Une simple esquisse, effectuée rapidement mais d'excellente facture, représentant un ange prenant son envol pour échapper aux flammes : celles de l'enfer, qui ravagent le sol et dévorent les hommes ; la fournaise de laquelle seul peut s'échapper un ange puisant son énergie dans la force du divin.

Vinci se sentait perdre pied. Tout se mit à tournoyer autour de lui avec violence. Il ne savait que faire. Rester ? Fuir ? Appeler Pieter ? Et comment échapper à l'homme en bleu qui le suivait depuis qu'il avait quitté l'atelier de

Verrocchio ? Il devait se tenir dehors, épiant la maison, et attendant que la nuit s'abatte tout à fait...

Réagissant enfin, Vinci éteignit sa torche et patienta quelques instants pour habituer ses yeux à l'obscurité. Au milieu de la pièce, il discernait le corps du jeune homme, sa masse claire étincelant du plus profond de la nuit à la manière d'une apparition. Un spectre venu des ténèbres pour harceler les humains ; une nouvelle source d'angoisse pour le peintre qui sentait son cœur éclater dans sa poitrine. Vinci jeta un dernier regard à son atelier, puis s'accrocha à un madrier latéral pour gagner la poutre faîtière. Évoluant avec souplesse, tel un écureuil bondissant de branche en branche, il parvint à la trappe aménagée dans le toit. Il retint son souffle pour s'en extraire, remerciant le Ciel de lui avoir procuré une taille si fine.

Parvenu à l'air libre, il s'accrocha aux tuiles supérieures et entama sa pénible progression. Il se pencha pour jeter un coup d'œil dans la rue, essayant de repérer son suiveur, et bascula vers l'avant. Sa chute fut courte, mais douloureuse. Il se retrouva sur une petite terrasse dissimulée par une colonnade. Il lui sembla un instant que le regard du guetteur croisait le sien à travers les colonnes, mais peut-être ne s'agissait-il là que d'un mauvais tour que son imagination lui jouait. Il resta longtemps aux aguets, s'abstenant de tout mouvement. Puis, lentement, il reprit son avance, passant de toit en toit. Quand il atteignit enfin l'orée des bois, le jour commençait à poindre à l'horizon. Il s'enfonça à travers les feuillages. Il était devenu une bête traquée.

18

Cela ne ressemblait pas du tout à Vinci. Lui faire parvenir un message en pleine nuit, en lui demandant de le rejoindre ! Pieter ne se demanda même pas comment, et par qui, ce petit morceau de papier avait été glissé sous sa porte. Au grand regret de Sofia qui passait la nuit en sa compagnie, il s'habilla sans perdre un instant, convaincu qu'il avait dû se passer quelque événement grave. Il embrassa tendrement la jeune fille, qui émit un petit gémissement plaintif pour manifester son mécontentement, puis tira le drap sur elle afin que son corps ne souffre pas de la différence de température. Elle se rendormirait, et il s'efforcerait de revenir auprès d'elle aussi vite que possible.

L'apprenti déploya mille précautions pour éviter les patrouilles de gardes qui sillonnaient la ville tout au long de la nuit. Arrivé chez Vinci, il gravit l'échelle de bois avec l'agilité d'un jeune chat et frappa à la porte de bois, mais sans obtenir de réponse. Il lui suffit de la pousser pour faire la découverte macabre. Il se précipita aussitôt près du corps et commença à l'examiner.

– Je ne m'attendais pas à te trouver ici, le Flamand.

La couleur nuit du manteau de Torri tranchait avec la blancheur du furet qui s'agrippait à sa manche.

— Torri, je... Ne te méprends pas ! J'ai reçu un message de Vinci me demandant de le rejoindre chez lui. Je viens d'arriver et...

— Ne t'inquiète pas, je dispose déjà de trop de suspects dans cette affaire.

— Qui est-ce ?

— Un jeune homme comme les autres, un garçon n'ayant commis d'autre crime que celui de la jeunesse, de la beauté et de l'innocence. Cela ne lui a pas été pardonné.

Torri ne s'était pas imaginé retrouver Pieter Linden dans de pareilles circonstances, mais il était heureux de pouvoir lui parler. Il lui fit part des derniers faits survenus : l'arrestation de Michele, la séance d'interrogatoire et les décisions du *procuratore*. Jusqu'à la découverte de cette dernière victime, qui pointait un nouveau doigt accusateur en direction de Vinci. Comme par hasard, d'ailleurs, ce suspect idéal avait disparu...

— Pardonne mon ironie, Pieter, mais jamais je n'ai été confronté à tant de suspects, qui possèdent tous un excellent mobile. À mon avis, le *procuratore* se soucie peu de savoir ce qui se cache derrière tout cela. Sa grande ambition consiste surtout à débarrasser la ville de tous ceux qui pourraient en perturber l'ordre.

— Qu'attends-tu de moi ? Tu m'avais demandé de veiller sur Vinci, et j'ai échoué. Il a fui, et l'on a retrouvé un cadavre dans son atelier. Tu peux constater que je me révèle un bien piètre assistant. Un pauvre Flamand comme moi n'est pas de taille à se mesurer aux intrigues de cette ville.

– Pour l'heure, nous avons deux oiseaux en prison, et un autre en fuite. S'il fallait en croire Colpa, d'ailleurs, tous ces oiseaux pourraient réellement voler...

Torri fit quelques pas vers le chevalet et désigna la toile recouverte du dessin de l'ange.

– Nous nous sommes laissé berner par ces chimères de prodiges, alors qu'il suffit de trouver une explication logique à toute cette histoire. Bien évidemment, on a ouvert les portes avant de commettre les crimes, et on les a refermées ensuite. Il reste à découvrir ceux qui en possédaient les clés.

Pieter réfléchit, puis regarda le *condottiere*.

– Tu peux compter sur moi, tu le sais bien.

Torri conservait son air grave.

– J'espère seulement que tu n'as nullement contribué à la fuite de Vinci. J'en serais vraiment très contrarié...

Pieter ne s'étonnait pas que ce soupçon pesât sur lui. Dans ces derniers jours, les deux amis s'étaient sérieusement opposés l'un à l'autre. Il fallait leur laisser un peu de temps pour regagner toute la confiance perdue.

19

Quand elle n'en pouvait plus, il lui restait les bois pour s'échapper. Plus précisément, le souvenir des bois, de la tendre fraîcheur des branches protégeant des assauts des rayons du soleil en été. Cela faisait longtemps qu'elle avait quitté l'enfance, mais elle n'avait pas oublié que, depuis toujours, ses meilleurs amis étaient les arbres et les oiseaux. Ils ne se moquaient jamais d'elle, prenaient le temps de l'écouter quand elle avait besoin de leur confier ses problèmes. En grandissant, il lui avait fallu quitter cet environnement rassurant. La violence, elle ne l'avait jamais rencontrée dans la nature, ou alors il s'agissait d'une violence juste, telle celle qui pousse le renard à tuer la bécasse pour se nourrir. En ville, elle avait découvert la méchanceté des hommes, prêts à tout pour s'imposer, écrasant sans remords leurs ennemis. Il lui avait fallu du temps pour comprendre les motifs qui les animaient, et pour s'endurcir. Heureusement, il lui restait le souvenir des parfums que transporte le vent, de la douceur de l'herbe sur laquelle elle aimait tant se coucher pour contempler la course des nuages dans le ciel. Elle était parfaitement consciente qu'il ne s'agissait que de rêves, bien sûr, mais il arrivait parfois que les rêves empêchent de basculer dans la folie.

Le plus insupportable résidait dans cette sensation de froid qui l'habitait depuis qu'elle avait été placée dans cette cellule. Cet endroit humide lui paraissait chaque jour un peu plus étroit que la veille. Si seulement elle disposait d'une fenêtre lui laissant entrevoir la lumière du ciel, la situation lui aurait semblé moins pénible. Et puis ce silence... Ce long et obsédant silence, que venait seulement perturber le pas des gardes dans le couloir.

Depuis son arrestation, Maria n'avait subi aucun interrogatoire. Elle se demandait quel était le véritable motif de sa venue ici. À qui en voulait-on ? Une soi-disant criminelle ? Une femme amoureuse ? Une pauvre sorcière ? Sorcière... Le mot la fit sourire. Si elle avait à ce point développé des pouvoirs, elle n'éprouverait aucune peine à s'enfuir loin de cette cage humide et froide ! Elle pensa à Leonardo, et se dit que son amoureux ne l'avait sûrement pas oubliée. En ce moment, il était peut-être plus malheureux qu'elle...

Ses pensées la ramenèrent au plus profond des bois, dans une petite maison coiffée d'un toit de paille. Sa chère grand-mère devait être dévorée par l'inquiétude, elle qui ne s'aventurait jamais en ville. Elle devait même imaginer le pire. Comment la rassurer, tout en lui faisant part du sentiment de détresse qui l'habitait ? Maria se rappela que la vieille femme lui avait appris qu'en pensant très fort à une idée, on arrivait parfois à la faire partager à d'autres. Elle n'avait jamais oublié cette leçon. Se mettant à genoux, elle ferma lentement les yeux et s'absorba dans son esprit. Là-bas, très loin, le chant des oiseaux commençait à retentir. La vision de la maison se précisa. La porte s'ouvrit, et un visage familier l'accueillit.

— *Nonna,* je suis là ! Attends-moi, j'arrive !

20

Sofia était partie. D'ailleurs, il ne s'était pas vraiment attendu à la retrouver sagement endormie dans le lit, en épouse docile. Tout comme un jeune peintre assimile les rudiments de la technique du dessin, Pieter découvrait peu à peu l'art subtil de connaître les femmes. Sa vie amoureuse à Bruges était restée fort sage, et son arrivée à Florence n'avait pas changé grand-chose à sa timidité naturelle. Il se jugeait trop jeune, trop inexpérimenté, et surtout trop étranger pour prétendre séduire ces Florentines réputées pour leur fierté. À vrai dire, il n'en revenait toujours pas d'avoir ramené dans son lit la belle Sofia. Jamais il n'oserait lui poser cette question qui lui consumait pourtant les lèvres : cette nuit, s'était-il montré à la hauteur des espérances de la jeune fille ?

Pour une fois qu'il avait réussi à convaincre une fille de passer quelques moments avec lui, il l'avait abandonnée seule dans son propre lit, au nom de l'amitié...

Quel fou il faisait !

Non seulement il s'enflammait contre lui-même de l'avoir laissée partir, mais en plus il se sentait très contrarié par la marche des événements. Dans l'immédiat, son seul motif de satisfaction résidait dans sa réconciliation avec Torri. Il résolut de s'en contenter. Tant pis pour le sommeil ! Il était trop tard pour retourner se coucher. Trop tôt aussi pour aller travailler, mais il ne voyait pas de quelle autre manière il pourrait apaiser son malaise...

Il finit par descendre dans l'atelier. Face à son chevalet, un homme s'appliquait à esquisser le profil d'un oiseau. Pieter reconnut Verrocchio. Le maître avait profité du silence régnant à cette heure dans l'atelier pour venir y travailler à son aise. Verrocchio avait toujours considéré le dessin comme le premier des arts. Il ne manquait jamais de rappeler à ses disciples que l'âme de toute peinture naît au stade de l'esquisse, apportant ce petit trait de génie qui fait toute la différence entre une œuvre moyenne et un chef-d'œuvre. Sans l'avouer trop ouvertement, le maître attachait une importance somme toute secondaire à la peinture elle-même. Il dressait en personne l'esquisse de chaque composition, abandonnant à ses assistants la charge de l'exécution. Il se considérait davantage comme sculpteur que comme peintre, mais en bon commerçant soucieux de faire tourner sa *bottega* – sa boutique –, il entendait répondre à la demande la plus large de ses commanditaires. Sa main courait prestement sur la toile. Par petits bonds, une succession de traits grisâtres donnait vie à un corps d'oiseau qui semblait ne plus attendre qu'un souffle d'air pour battre des ailes.

– La ressemblance est parfaite, maître. J'espère un jour acquérir votre science du dessin.

Absorbé par sa tâche, Verrocchio n'avait pas entendu Pieter s'approcher de lui.

— Ah ! tu étais là, le Flamand ! Je ne t'avais pas entendu venir... Ne sois pas inquiet : je t'ai observé à maintes reprises, tu possèdes en toi l'art subtil de l'esquisse. Dans cet atelier, tout le monde ne peut pas en dire autant !

Verrocchio s'interrompit, plongé dans une sourde mélancolie. Il perdit le contrôle de sa main un bref instant, brisant l'harmonie du dessin.

— Maître, si je peux vous aider en quoi que ce soit, je vous dois tant... Je sais ce que la fuite de Vinci représente pour vous. Ce contretemps vous empêchera-t-il d'achever votre David ?

Le peintre fixait obstinément sa toile.

— Depuis que Vinci est arrivé dans mon atelier, je l'ai toujours défendu. Je n'ai jamais douté de son génie, et je suis même convaincu qu'il nous dépassera tous un jour. Je l'ai vraiment beaucoup aidé, mais cette fois, je me sens impuissant. Toute la ville ne parle que de ces événements horribles, et j'avoue qu'il m'arrive même de douter de lui...

Jamais Verrocchio n'avait ouvert de la sorte son cœur à Pieter. Le jeune apprenti se sentait ému de cette marque de confiance, mais il regrettait en même temps que son maître doutât de l'innocence de Vinci.

— Avez-vous une idée de l'endroit où il s'est caché ?

Verrocchio secoua la tête pour manifester son ignorance, avant d'ajouter :

– D'ailleurs, je préfère encore ne pas savoir où il se trouve. Tout cela est allé beaucoup trop loin.

– Et pour le David ?

– Je vais continuer mon œuvre, en m'efforçant d'oublier le visage qui l'a inspirée.

L'arrivée de Milano dans l'atelier mit fin à la discussion. L'apprenti ne prit même pas la peine de dissimuler sa contrariété. Il ne supportait pas que le maître parlât à un autre de ses élèves, tant il s'estimait, et de loin, le personnage le plus important de l'atelier. Personne, ici, ne devait s'aviser de faire pâlir son étoile ! Verrocchio corrigea rapidement le trait erroné sur l'oiseau, puis quitta l'atelier. S'étant assuré qu'il se trouvait bien seul avec Pieter Linden, Milano lui adressa la parole :

– Si tu penses profiter de la fuite de ton ami pour prendre sa place dans cet atelier, tu te trompes ! N'oublie pas qui tu es, ni d'où tu viens. Si je te préviens, c'est dans ton intérêt...

Pieter s'assit devant sa toile, saisit son pinceau et commença à siffloter. Il se remémorait une phrase avec plaisir : « Tu possèdes en toi l'art subtil de l'esquisse. » Le maître avait reconnu son talent de dessinateur. Aujourd'hui, tous les efforts de Milano pour le décourager se révéleraient vains.

21

Les époux étaient couchés l'un contre
l'autre. Leurs longs yeux dessinés en amande
rendaient leur sourire encore plus serein,
comme porteur d'un message de douceur par-
delà la mort. La vie les avait quittés depuis bien
longtemps, mais ils avaient choisi de perpétuer
leur amour. Ils resteraient là pour l'éternité des
siècles, allongés l'un à côté de l'autre, donnant
à voir toute la tendresse d'un vieux couple complice. Jamais le regard d'un vivant n'aurait dû
venir troubler cette atmosphère d'immortelle
intimité. Il les contemplait, pourtant, seul, silencieux et indiscret. Il enrageait de ne pas dis-
poser de toile ni de peinture pour traduire toute
la finesse que l'artiste de jadis avait réussi à in-
suffler à cette œuvre.

À plusieurs reprises, Vinci avait entendu parler des antiques tombeaux étrusques, ultimes
souvenirs de ces hommes qui régnaient jadis sur
toute la région. À sa connaissance, personne ne
soupçonnait l'existence de cette tombe toute
proche de Florence, dissimulée sous un discret
tumulus. Le peintre s'était plongé dans de
vieilles descriptions de la ville conservées dans
la bibliothèque du dôme, et en avait découvert
l'emplacement par hasard. Grâce à la grand-
mère de Maria – chez qui il allait quelquefois
chercher des onguents pour lutter contre son
impulsivité –, il avait eu confirmation de son

origine, et s'était rendu sur place par une chaude journée d'été. Avec le temps, le tombeau s'était mué en simple colline ; les hommes avaient oublié qu'elle conservait en son cœur le souvenir d'un amour évanoui depuis des générations.

Vinci avait résolu de se cacher dans cette sépulture, le temps de se faire oublier. Il profitait de la nuit pour sortir, à la recherche de nourriture. Il restait assis là toute la journée, contemplant pendant des heures le sourire énigmatique de ses compagnons d'exil. Par une ironie dont seul le sort possède le secret, il partageait désormais leur amour. Dans cet endroit oublié des vivants, en retrait du monde, il saisissait mieux cette technique de peinture surgie de la nuit des temps. L'absence de perspective, conjuguée à la fraîcheur des couleurs, ne cessait de le fasciner. Dire que personne, depuis si longtemps, n'avait eu l'occasion de contempler pareil trésor ! Vinci était bien décidé à s'en inspirer, à en nourrir son propre art.

C'était plus fort que lui... Cette nuit, il quitterait sa cachette pour aller chercher ce précieux papier qui lui manquait. Certains ne vivaient que dans l'espoir d'aimer, de bien manger, de devenir riche ; d'autres se contentaient de respirer. Vinci, lui, savait qu'il lui fallait créer pour ressentir la plénitude d'exister.

22

Le *procuratore* ne décolérait pas. Non seulement son bourreau avait réduit au mutisme un suspect important, mais en plus personne n'arrivait à mettre la main sur Vinci. Celui-ci avait eu l'audace de commettre un dernier meurtre, au nez et à la barbe de son meilleur *condottiere*. Colpa avait exigé que tous ses hommes quadrillent méthodiquement la ville, fouillant jusqu'au moindre recoin de maison où le peintre était susceptible de s'être caché. Il avait d'abord fait inspecter systématiquement les maisons des connaissances – proches et lointaines – de Vinci, dans l'espérance de l'attraper au plus vite. À force de voir ses hommes rentrer bredouilles, il acquit la conviction que l'artiste avait fui en dehors de la ville. Peut-être encore dans la campagne environnante ? À moins qu'il n'ait trouvé refuge dans une cité voisine ; il s'y dissimulerait, cherchant à se faire oublier. Seule certitude : cette fuite s'apparentait à un aveu, et le *procuratore* userait de tout son pouvoir pour faire payer à Vinci l'horreur de ses crimes. Il promena le revers de sa main le long de la lame de son épée et prit le chemin de la cave. Cette fois, il donnerait de sa personne pour en apprendre plus. Colpa savait très bien que son initiative rendrait Torri fou de rage, mais le Napolitain n'avait que trop prouvé l'étendue de son incompétence ! Décidément, il était plus que temps de reprendre les rênes de cette affaire.

Tandis que Michele récupérait peu à peu l'usage de la parole, un autre pauvre hère faisait les frais de la douceur des cellules, le corps plaqué contre le mur de pierre, les deux mains attachées à un lourd anneau de métal. Le jeune homme n'avait pas encore subi de sévices. On s'était contenté d'aller le cueillir à la sortie de l'église et de l'emmener ici, à l'abri de tous les regards.

Pieter n'avait pas compris tout de suite ce qui lui arrivait. Il avait d'abord cru à un nouveau revirement de Torri, avant de se persuader qu'il faisait surtout l'objet de la colère du *procuratore*. Cet homme n'avait jusqu'ici jamais daigné lui adresser la parole. Il se trouvait à présent face à lui, faisant office de bourreau, et s'apprêtait à mener lui-même l'interrogatoire.

– Je te remercie d'avoir accepté mon invitation avec autant d'enthousiasme...

– *Signor procuratore,* je ne suis peut-être qu'un étranger, mais j'ai déjà eu tout le loisir d'apprécier l'hospitalité propre à votre belle ville.

Colpa sourit.

– Bien, je vois que tu n'as pas perdu ton sens de l'humour. Tu as raison : je ne te veux pas de mal ; simplement t'entendre dire la vérité.

D'un geste sec de la main, le *procuratore* pria le bourreau de s'éloigner. Il s'approcha ensuite de son hôte.

– Ton amitié pour Vinci n'est un secret pour personne. Les liens qui vous unissent, si forts soient-ils, ne doivent cependant pas t'inciter à braver nos lois, à troubler la tranquilité de notre cité.

Pieter ne releva pas l'allusion à la force des sentiments qu'il éprouverait envers Vinci. Il préféra laisser le *procuratore* poursuivre.

– Tu dois en savoir plus long que quiconque sur ses projets. Peut-être même es-tu au courant de l'endroit où il se dissimule... Comprends-moi : un loup rôde autour de la ville, et ma mission consiste à l'empêcher de nuire.

– Désolé de vous décevoir, Colpa. Moi aussi, j'aimerais savoir où se cache Vinci, mais pas pour les mêmes raisons que vous. Je suis convaincu de son innocence. Il se sait traqué, et n'a d'autre solution que de fuir.

L'expression de bienveillance qui illuminait le visage de Colpa s'évanouit. Il s'empara d'un tison de fer plongé dans un brasier et le promena le long du visage de son prisonnier. Sentant la chaleur irradier sa peau, Pieter s'abstint de tout mouvement qui aurait pu le faire entrer en contact avec le métal.

– Tu abuses de ma patience, le Flamand ! Malheureusement pour toi, je n'en dispose guère, surtout lorsqu'il s'agit de faire respecter la loi dans cette ville. Si tu n'y prends garde, tu vas regretter ton silence...

– Arrêtez ! Arrêtez ! Vous ne pouvez vous en prendre à lui...

Dévalant les marches à toute allure, Torri parvint à retenir le bras de son maître.

— *Procuratore*, je réponds de cet homme comme de moi-même. Il ne sait rien de ce qui s'est passé.

— Je n'ai déjà que trop attendu, je suis à bout !

— *Signor procuratore ! signor procuratore !...* C'est affreux ! Il s'est passé quelque chose de terrible !

Un soldat arrivait en courant, arborant l'expression d'un homme qui vient d'apercevoir le diable à la faveur de la nuit.

— Quoi donc ? Parle !

— La prisonnière, Maria... Elle s'est échappée ! La porte est toujours fermée, et les gardes n'ont rien vu. Quelle malédiction ! Cette femme est une sorcière, nous le savions bien !

Colpa fit tournoyer le tison et le plongea rageusement dans un seau d'eau. Un grésillement sonore retentit, et un nuage de fumée emplit la pièce. L'homme de loi semblait comme fou. Il se mit à crier, levant les yeux vers les voûtes de la cave.

— Dévoile-toi ! Je t'ai reconnu, tu es le Malin ! Viens te mesurer à moi, si tu l'oses. Personne ne peut affronter la force de la loi, dans cette ville, car la loi est du côté de Dieu, et Dieu est toujours le plus fort !

23

Torri restait silencieux. Les deux hommes arpentaient les rues de la ville, sans rien voir de ce qui les environnait. À cette heure du jour, pourtant, Florence présentait son plus joli visage. Le soleil, dévorant il y a quelques heures encore, enveloppait d'une lumière chaude et douce les pierres des maisons, rehaussait l'alternance chromatique des marbres de Santa Maria del Fiore. Le blanc, le vert et le rouge rythmaient les lignes architecturales parfaites de ce vaisseau de pierre arrimé en plein cœur de la ville.

Pieter Linden et Torri ignoraient tout autant le gigantesque dôme de Brunelleschi, qui contribuait à la renommée de la ville dans toute l'Europe. Les plus vieux Florentins relataient des histoires qu'ils tenaient de leurs parents, témoins de l'édification de cette couverture divine. Pour y parvenir, on avait construit des machines élévatrices capables de soulever des blocs de pierre aux dimensions titanesques. Dans cette ville, le miracle de la beauté avait rencontré le génie de la technique, les hommes avaient conclu un pacte avec le ciel pour transposer sur terre une parcelle des trésors du paradis.

Ni Torri ni Linden ne prêtait la moindre attention à ces prodiges. Le *condottiere* se réjouissait d'avoir convaincu le *procuratore* de relâcher son ami. Toutefois, il se sentait hon-

teux de travailler pour un homme n'hésitant pas
à extorquer sous la torture de vains aveux. De
son côté, Linden considérait Florence d'un
autre œil, après s'être montré reconnaissant de
la générosité de son accueil. Par orgueil, ou par
aveuglement, elle refusait de reconnaître toute
l'étendue du génie de Vinci. Par excès de rigueur, elle condamnait le peintre sans s'interroger plus avant. Et voilà qu'à présent, lui-même
se trouvait mis en demeure de prouver son innocence.

Les deux amis étaient perdus dans leurs pensées lorsqu'ils arrivèrent en vue de l'atelier de
Verrocchio. Ne trouvant pas les mots justes
pour exprimer sa gêne, Torri posa simplement
la main sur l'épaule de Pieter. Vesuvio poussa
un petit cri et bondit autour du cou du Flamand,
avant de retourner se réfugier sur l'épaule de
son maître.

Pieter était heureux de retrouver sa chambre.
Il comptait sur le sommeil pour chasser de son
esprit toutes les pensées sombres qui le harce-
laient. Il ne lui restait plus qu'à trouver le chemin apaisant de Morphée...

Étrangement, la torpeur ne tarda pas à s'emparer de lui. Nullement aussi accueillante que
les bras d'une jolie femme, hélas ! Si la belle
Sofia avait à présent disparu, du moins voulait-
il se rappeler d'elle dans ses rêves, afin de pui-
ser le réconfort à ses côtés. Mais pourquoi
diable est-il si difficile de diriger le flot tour-
billonnant des songes ? En lieu et place de

Sofia, ce fut le tison du procureur qui apparut, dégageant cette sensation de chaleur intense qui menaçait toute son âme, toute sa chair. Puis affluèrent des bruits de pas qui résonnèrent dans sa tête, manquant de peu la faire éclater. Et quel était donc ce visage ami qui surgissait dans la nuit ?

Pieter Linden ne réalisa pas avec précision quand il bascula du monde des rêves dans celui de la réalité. Une chose était sûre : les bruits peuplant ses songes existaient bel et bien. Quelqu'un se trouvait dans l'atelier... Il bondit hors de son lit et quitta sa chambre. Le long couloir menant à la pièce de travail était complètement désert. Il l'emprunta en frôlant les murs et, quand il pénétra dans l'atelier, il rendit ses pas encore plus légers. À cette heure, ce n'était plus qu'une vaste pièce hantée par de hauts chevalets blancs, ces apparitions spectrales profitant du calme de la nuit pour s'animer. Débarrassées des pinceaux des apprentis, les toiles menaient leur propre existence, sans avoir de comptes à rendre au monde des humains. D'humains, d'ailleurs, pas la moindre trace dans l'atelier.

Pieter se dirigea vers le fond de la pièce, du côté de la réserve. Il allait pousser la porte, lorsqu'un bras musclé l'arrêta, lui barrant la poitrine. D'un coup sec, on lui arracha sa tunique. Il eut juste le temps d'apercevoir l'éclat d'une lame acérée que faisait miroiter un morceau de lune à travers la petite fenêtre. Une main se mit à serrer son cou. L'ange de la mort s'approchait de lui à la vitesse de l'aigle fondant sur sa proie. Il se dégagea en expédiant un grand coup de coude en arrière, repoussant son adversaire contre le mur. Ce dernier faillit perdre l'équilibre, puis se redressa et assena un terrible coup sur la tête du Flamand. Le noir s'installa, profond, parfois illuminé par le sourire de la belle Sofia. Quand Pieter ouvrit les yeux, il était allongé par terre. Milano lui faisait face.

– Eh bien, tu reviens de loin, le Flamand !

– Que s'est-il passé ?

– C'est plutôt à toi de me le raconter... En arrivant ici, je t'ai trouvé à terre, inconscient.

– J'ai entendu du bruit, je suis descendu, j'ai été agressé et... Oui, j'ai vu une lame, et quelqu'un a essayé de m'étrangler. Je me suis débattu et puis... plus rien.

L'éclat de rire de Milano retentit dans la pièce.

– Si tu te voyais dans un miroir !

Pieter se frotta la tête et sentit une grosse bosse. Milano le fixait avec un sourire narquois. Dans cet atelier, décidément, on assistait parfois à des événements étranges... Il se redressa, avant d'ajouter :

– Encore un fait curieux : quelqu'un a volé du papier, et aussi des peintures, dans la réserve. C'est peut-être la raison de ton agression : tu as surpris notre voleur la main dans le sac !

Pieter aurait voulu rassembler ses idées, mais il lui fallait d'abord faire taire cet abominable mal de crâne. Il se dirigea vers la cour pour s'y rafraîchir et, surtout, pour échapper à la sollicitude ironique de Milano.

– Non, non et non ! Je te connais trop bien, tu ne me feras pas avaler une pareille histoire !

Leonardo se raidit et leva bien haut son épée byzantine, celle qui avait appartenu à son maître Lorenzo.

– Nous parlerons après. Tu as accepté de croiser le fer avec moi, alors laisse-moi t'apprendre à te battre comme un véritable Florentin.

Pieter se mit en garde, puis se fendit vers l'avant, dans l'espoir de déstabiliser son adversaire par surprise. Sentant le coup arriver, Leonardo esquiva l'attaque frontale de son ami. Ne rencontrant aucune résistance, Pieter fut emporté par son élan et roula à terre. Leonardo éclata d'un rire tonitruant.

Vexé, Pieter riposta à sa manière :

– Leonardo, je suis certain que tu as contribué à l'évasion de Maria. Tu sais très bien que tu peux me faire confiance. Alors dis-le-moi, il faut absolument que je le sache !

Le soldat continuait à arborer son sourire. Il s'épongea avec un linge et alla ranger son épée dans le râtelier.

– Tiens, bois un peu d'eau ! Tu dois en avoir bien besoin pour te remettre de tes émotions. Je ne désespère pas de faire de toi, un jour, un honorable guerrier.

Pieter avait l'impression de se heurter à un mur. Il en aurait presque fini par comprendre l'utilité des tisons quand les langues refusent de se délier.

N'y tenant plus, il se précipita sur son ami et le plaqua à terre. Il empoigna son col et le serra à la gorge, témoignant d'une force qu'il ne se connaissait pas.

– Parle, Leonardo ! Pour l'amour de Dieu, parle !

La fureur se lisait dans le regard de Leonardo qui tentait de se dégager.

– Eh bien, oui, il m'a suffi de récompenser le geôlier pour sa coopération. Le *procuratore* paie mal ses hommes. Il estime que le seul fait de servir l'honneur de la cité suffit à nourrir tout honnête Florentin... Mais ne compte pas sur moi pour te dire où elle est. À aucun prix, je n'entends lui faire courir le moindre risque.

Soulagé, Pieter relâcha immédiatement son étreinte.

– Merci, ami. C'est tout ce que je voulais savoir. Nul prodige n'intervient dans cette histoire. Il s'agit juste de la faiblesse des hommes, et de l'intelligence de ceux qui savent l'exploiter.

Pieter était touché de la marque de confiance que venait de lui témoigner son ami. Il avait tellement regretté la distance qui s'était instaurée entre eux depuis quelques mois ! Pour la première fois depuis longtemps, leur complicité renaissait, aussi forte que par le passé.

– Que comptes-tu faire, Pieter ?

– Tout d'abord, comprendre pourquoi Maria rencontrait régulièrement Vinci à l'atelier. Personne n'a encore pu répondre à cette question.

– Mais non, je t'assure : Maria ne connaît aucunement ton Vinci. Je sais seulement qu'il lui arrive de se rendre chez Verrocchio pour aller porter des onguents à tes collègues. Certains n'osent pas s'aventurer dans la forêt : ils craignent trop les esprits malfaisants, et les sortilèges des sorcières...

Pieter était abasourdi. Ainsi, Vinci n'aurait aucun contact avec Maria... Mais alors, tout était probablement beaucoup plus grave qu'il ne l'avait imaginé. Peut-être même était-il déjà trop tard !

Il prit congé de son ami et quitta précipitamment le palazzo Rienzi.

24

Il avait regagné le tombeau, et pourtant il se sentait renaître. Il suffisait de quelques feuilles de papier et d'un peu de peinture pour vaincre la mort, rendre à ce lieu un souffle de vie et d'espérance. Une seule vision occupait son esprit, jusqu'à l'obsession : le sourire du couple. Cet étrange sourire aurait pu paraître moqueur, s'il ne s'y trouvait aussi une grande douceur. Un sourire d'amour et de complicité, d'intelligence et de sérénité. Un signe d'outre-tombe, rassurant les vivants sur leurs espérances d'éternité. Une fois, dix fois, cent fois, Vinci s'appliqua à restituer la fugitive douceur du modelé des lèvres. Sans y parvenir. Loin de se décourager, il puisait dans ce défi une énergie qu'il ne se connaissait plus depuis longtemps. La vie d'artiste est parsemée de combats, dont il est parfois impossible de sortir indemne. Quoi que l'avenir lui réserve, le peintre nourrissait une certitude : il n'oublierait jamais toute la promesse d'un sourire capable de perpétuer sa fraîcheur par-delà les siècles. Totalement absorbé par son travail, il mit un certain temps à percevoir le petit grattement qui courait sur le vantail de la porte.

– Qui trouble l'éternité ?

– Le vent du temps, qui chasse les ambitions des hommes.

Vinci ouvrit la porte et laissa entrer la petite silhouette frippée de la vieille femme.

– Tu le vois, même les sorcières demandent à ce qu'on leur ouvre la porte, sourit-elle.

Vinci saisit sa main et la serra très fort, jusqu'à lui arracher une petite grimace de douleur.

– Je te suis reconnaissant pour tout ce que tu as accompli pour moi. Sans toi, sans cet endroit, je ne sais pas ce que je serais devenu.

La vieille ne prêta aucune attention à ces remerciements. D'une grande besace, elle sortit des petits gâteaux aux amandes ainsi qu'une bouteille de vin.

– Tiens ! Pense plutôt à te nourrir, tu ne peux pas vivre de ton seul art. Même les plus grands génies doivent songer à remplir leur panse !

– Ne te moque pas de moi, et réponds : pourquoi fais-tu tout cela pour moi ? Alors que dans cette ville, je n'ai que des ennemis ! Qu'attends-tu en échange ?

– Rien. Disons simplement que je me sens proche de tout être rejeté par ceux de la ville. Je connais la solitude, ces visages qui se ferment quand on tend la main pour demander du secours. Cela suffit à m'inciter à t'aider.

– Tu ne redoutes pas le terrible criminel qu'ils voient en moi ? Tu ne crains donc pas le danger ?

– Ce n'est pas mon affaire. Si tel était le cas, il te faudrait trouver un moyen de te mettre en paix avec ta conscience. Pour ma part, j'aide toujours ceux que cette ville persécute.

Vinci avait rangé ses pinceaux. Il mordit avec gourmandise dans un gâteau aux amandes.

L'espace de quelques instants, sa saveur lui fit oublier le sourire du couple.

– Mmm ! C'est excellent, femme. Tu es sûre de n'y avoir point dissimulé quelque magie, pour faire de moi ce que tu entends ?

Combien de fois la vieille n'avait-elle point entendu cette phrase !

– Ne crains rien. Je réserve mes potions à ceux qui croient en leur vertu. Tu ferais mieux de faire attention à ceux qui te veulent du mal en ville. Je sais que tu as tiré la queue du diable, la nuit passée. Tu risques de te brûler les ailes en jouant à ce petit jeu-là...

Vinci détourna le regard. Il avala une rasade de vin pour éviter de répondre.

– Sois prudent, jeune homme, poursuivit la vieille d'une voix menaçante. Demain, le carnaval commence. L'espace de quelques jours, tous les habitants de la ville oublieront qui ils sont, et où ils sont.

Vinci se sentait de plus en plus mal à l'aise. La vieille femme se releva, s'apprêtant à quitter le tombeau.

– Prends garde, Vinci ! Lorsqu'on se décide à les porter, il arrive souvent que les masques tombent. Et la vérité n'est pas toujours bonne à connaître... Elle rend parfois la vie impossible à tolérer.

25

Vinci introuvable, Maria disparue... Sans oublier l'attitude de Verrocchio, de plus en plus étrange. Pieter s'interrogeait. Son maître avait d'abord semblé souffrir de l'absence de Vinci, puis il avait très vite interdit qu'on prononce son nom en sa présence. Il s'était remis au travail avec entrain, et son David prenait forme de la meilleure des manières. Comment expliquer ce changement de comportement ? Peut-être s'estimait-il trahi, et ne voulait-il plus entendre parler de cette affaire ? Ou alors il savait quelque chose au sujet de cette disparition ? Un lourd secret qu'il devait porter seul...

Pieter avait le pressentiment d'un nouveau drame imminent. Tout lui paraissait bien trop évident, depuis le début. Il semblait que quelqu'un s'ingéniât à diriger les regards vers l'un ou l'autre acteur de cette farce macabre, pour mieux masquer ses sombres desseins. Quand il retrouvait un peu de calme intérieur, il lui arrivait de se retirer dans sa chambre pour y travailler à une œuvre personnelle. Fasciné par les travestissements, il avait imaginé une scène étrange, qui mêlait des masques de Flandre et d'Italie dans une vaste comédie dépeignant les travers humains. La jalousie, le mépris, la paresse et la cupidité y étaient entraînés dans une grande farandole, tournoyant jusqu'à s'étourdir les sens. Depuis que quelqu'un avait tenté de le tuer, il se sentait souvent oppressé, un grand poids pesant sur sa poitrine. L'unique manière d'exorciser ce démon était de le capturer en le fixant sur sa toile.

Un grand coup sec retentit sur la porte, le faisant sursauter.

– Linden, ouvre-moi, c'est Torri !

Le *condottiere* pénétra tellement vite dans la pièce qu'il manqua de coincer Vesuvio en refermant la porte.

– Cette fois, il va falloir agir vite, et sans commettre d'erreur.

– Explique-toi, que se passe-t-il ?

Torri reprit son souffle. Il venait de courir, et l'affolement se lisait dans ses yeux.

– Il y a une complication. L'état de Michele a empiré subitement. Il est mort ce matin. Colpa s'en effraye, car la famille de Michele est très puissante. Il peut toujours l'accuser de sodomie, ou de quelque autre outrage à la morale, mais il ne pourra jamais lui attribuer la responsabilité de tous les crimes. Pour Colpa, désormais, la culpabilité de Vinci ne fait aucun doute. (D'un ton grave, il ajouta :) Ton ami ne peut continuer indéfiniment à se cacher. Si nous voulons l'aider, il faut d'abord le retrouver.

Pieter pointa son doigt sur la toile.

– Regarde ce personnage, et surtout son masque grimaçant. C'est une sorcière de chez nous. Elle entraîne une victime dans sa masure pour la transformer en génie des bois.

Torri haussa les épaules.

– Je ne vois vraiment pas pourquoi tu me contes pareil fabliau...

– Je me suis laissé dire que la grand-mère de Maria préparait des onguents très efficaces contre le vieillissement... grâce à des ossements anciens.

– Tu veux dire qu'elle profane des cimetières ?

– Non... Plus exactement, elle trouve ses ossements dans les tombeaux antiques de la région.

– Poursuis.

– Une intuition m'amène à penser que c'est dans un tel lieu que Vinci s'abrite des regards de la ville.

Torri serra les poings.

– Par tous les saints ! Je me suis montré trop patient avec cette vieille femme. Il faut qu'elle parle, et prestement, si elle entend conserver sa tranquillité ! D'ailleurs, je suis convaincu qu'elle sait également où sa petite-fille se cache.

Trois petits coups retentirent sur la porte.

– Qui est là ? interrogea Pieter qui n'attendait personne à cette heure.

– C'est moi, mon gentil Flamand. Nous n'avons pas eu le temps de terminer ce que nous avions commencé l'autre nuit.

Pieter se sentit rougir, une sensation d'autant plus désagréable qu'il ne pouvait la dissimuler à son ami.

– Euh ! Entre, Sofia.

La jeune fille allait se précipiter dans les bras de Pieter, quand elle s'aperçut qu'ils n'étaient pas seuls.

– Ne vous gênez pas pour moi. De toute manière, je comptais me retirer.

Sofia prit la main de Pieter et la serra très fort. Il n'aurait jamais imaginé qu'elle lui reviendrait si vite. Il se promit de ne pas laisser percevoir cet étonnement, mais sans certitude aucune d'y parvenir.

Torri regarda encore une fois la toile que peignait son ami, et désigna la représentation d'une sorcière du doigt.

– Demain, la ville sombrera dans la folie. J'en profiterai pour aller questionner *notre* sorcière. Parole de Napolitain ! Cette fois, je réussirai à la faire parler.

26

Il lui semblait avoir passé une longue nuit de rédemption, comme pour effacer les noirs desseins des démons qui s'employaient sans relâche à détruire l'âme de la ville. Colpa ne détestait rien tant que cette période de carnaval où tous perdaient la raison, où les plus honnêtes habitants de la cité laissaient entrevoir la part la plus sombre d'eux-mêmes. Trois jours durant, il faudrait veiller sur ces débordements, lutter contre le chaos... Le *procuratore* ne parvenait pas non plus à chasser de son esprit le cadavre de Michele, qui pesait sur sa conscience. Bien sûr, nul doute ne planait sur sa débauche, et le *procuratore* estimait que la justice divine avait été rendue. Cependant, et encore plus mort que vivant, il le considérait comme un signe de l'échec de sa mission. Et puis, tant que Vinci serait en liberté, les meurtres qui s'étaient abattus sur la ville resteraient impunis.

Dès le matin, les premières apparitions grotesques surgirent dans les rues de Florence. Des animaux à tête d'homme ; des hommes à corps de fauve ; des diablotins qui sautillaient ; des fontaines qui dispensaient généreusement les nectars les plus précieux. Les musiciens avaient remplacé les gardes, et les échoppes les plus bigarrées faisaient oublier les habituels étals des marchands. Plus personne ne travaillait, mais tous s'affairaient. On ne se reconnaissait plus, mais tous se parlaient. On allait bientôt manger plus que de raison, boire pour oublier qui l'on était. On allait rire, afin de conjurer toutes les rigueurs de cet hiver qui avait plongé la ville dans un lourd sommeil.

Torri était parti dès l'aube dans la forêt, à la recherche de la grand-mère de Maria. Il avait trouvé la maison déserte, mais le feu venait d'être alimenté, ce qui donnait à penser que la vieille n'était pas loin. Prenant soin de ne pas révéler sa présence, il choisit de l'attendre à l'intérieur de la maison. Le temps passa, à tel point que le *condottiere* se dit que la sorcière avait deviné sa présence. Vesuvio, pour sa part, ne partageait pas l'impatience de son maître. Il s'affairait autour d'une marmite dans laquelle mijotait une étrange mixture, dont il fallait bien reconnaître l'excellence du fumet.

– Holà, Vesuvio ! Tu n'es pas ici chez toi. Dieu sait quelle potion nous a encore préparée la vieille sorcière ! Prends-garde, si tu ne veux pas te transformer en lapin ou en poulet !

De l'âtre s'échappait une fine fumée grisâtre qui s'insinuait dans toute la maison, véhiculant une odeur plutôt agréable. Torri n'avait jamais rien senti de semblable. Impossible de résister au désir d'emplir ses poumons de ce parfum de paradis. Assurément, un tel délice ne pouvait avoir une origine terrestre. Il ne s'aperçut pas tout de suite de la torpeur qui s'emparait de lui. Puis il se frotta le crâne, comme pour combattre un sommeil trop précoce. Ensuite, impossible de se raccrocher à quoi que ce soit. Le précipice se trouvait là, face à lui. Il y tomba, inconscient. Loin de lui, au cœur de la cité, les tambours du carnaval résonnaient de plus en plus fort.

La nuit avait été belle et généreuse. Après le temps des étreintes, Pieter avait lutté avec délice contre le sommeil, pour mieux goûter chaque instant passé à côté de Sofia. Combien de fois n'avait-il pas passé sa main dans ses cheveux ? Il l'avait admirée avec intensité, au point d'imprimer son image au plus profond de son âme. Il lui fallait déposer les armes : il était bel et bien tombé amoureux. Le jour s'était levé, et il n'en revenait toujours pas : il avait comblé une femme, la plus belle et la plus douce des femmes. Il aurait aimé pouvoir retourner à Bruges, juste le temps de relater son exploit à son oncle et à ses amis. Il n'avait que trop entendu dire qu'il n'était qu'un enfant, qu'il lui fallait découvrir tous les plaisirs de la vie. À présent, nul n'avait plus rien à lui apprendre.

— Alors, mon jeune Flamand, la nuit fut bonne ? lui murmura Sofia en lui passant doucement le doigt sur le contour des lèvres.

— La plus belle des nuits ! Et toi, tu te sens bien ?

L'inflexion du ton à la fin de sa phrase trahissait un certain manque de confiance, mais il fallait bien connaître Pieter Linden pour le percevoir.

– Disons que j'ai eu raison de revenir. Tu es satisfait de ma réponse ?

Pieter serra Sofia dans les bras et caressa sa poitrine du bout des doigts.

– J'ai hésité, pourtant. Je te voyais si préoccupé. Je sais bien que je ne suis qu'une simple serveuse, mais j'aurais tellement voulu t'aider...

Pieter avait oublié ses soucis, et voici qu'ils venaient se rappeler à lui !

– Je m'étais promis d'aider des amis, et puis je n'ai fait qu'accumuler les erreurs, me laissant aveugler par les faux-semblants. J'ai eu la prétention de vouloir démêler le fil de cette enquête car dans le passé, à Bruges, j'en ai déjà mené une à terme. Aujourd'hui, je m'en sens incapable.

Sofia l'embrassa sur le front pour chasser ces mauvaises pensées.

– Tu penses à Vinci, le peintre impliqué l'an dernier dans l'affaire Saltarelli ?

– Oui, comment le sais-tu ? s'étonna Pieter.

Le jeune homme se demandait comment une fille comme Sofia pouvait être informée d'une pareille affaire...

– Oh ! tu sais, les gens parlent toujours trop, dans les auberges. Tous pensent qu'il est coupable des meurtres commis en ville depuis quelques semaines.

Les traits de Pieter se durcirent.

– Florence juge trop rapidement. Cette ville est trop imbue d'elle-même pour admettre ses erreurs. Vinci a fui, la petite Maria s'est cachée quelque part, et un homme est mort pour rien dans les caves du *procuratore*. Quel gâchis !

Il fallut toute la patience de Sofia, et la chaleur de ses caresses, pour amener Pieter à se détendre. Les deux amants reprirent possession l'un de l'autre. Pieter aurait voulu que ces moments d'ivresse ne finissent jamais. Quand ils s'abattirent enfin sur leur couche, ils avaient le sentiment de ne plus former qu'un seul être. Sofia blottit sa tête contre le torse de son amant et poussa un petit soupir.

– Si tu es tellement convaincu de l'innocence de ton ami, tu dois l'aider sans tarder. As-tu une idée de l'endroit où il se cache ?

– Seulement des soupçons... Il doit exister beaucoup d'endroits pour se dissimuler, dans les environs de la ville. Comme tu l'as appris hier, mon ami Torri est allé interroger la grand-mère de Maria, mais pour le reste, avec le carnaval, il ne sera pas facile de poursuivre nos recherches.

– Si je peux t'aider...

Pieter sourit. Comme il appréciait de ne plus se sentir seul !

– Je suis émerveillé de t'avoir rencontrée, Sofia. J'en étais venu à détester cette ville, et voilà que tu me rends espoir. Mais dans cette affaire, il me faut agir seul. Si j'ai besoin de ton aide, cependant, je n'hésiterai pas.

– Ce soir a lieu le grand rassemblement, sur la piazza della Signoria. Nous y serons tous.

– Comment te reconnaîtrai-je ? Quel déguisement porteras-tu ?

– Fais confiance à l'amour. Il n'a que faire des travestissements. Quand il est profond, et sincère, il nous déshabille tous.

– Je t'aime, Sofia.

– Je le sais, Pieter.

27

Vue depuis le sommet du beffroi du palazzo Vecchio, la piazza della Signoria était occupée par un seul corps, lui-même constitué d'une multitude de formes et de couleurs. Cette masse humaine n'obéissait à aucune logique, oscillant des cris aux rires, puis aux blasphèmes. Les Florentins avaient coutume de dire que le bon Dieu se bouchait les oreilles pendant toute la durée du carnaval, pour ne pas être choqué par ce qu'il entendait. Certains racontaient aussi que de petits diables saisissaient cette chance unique de se mêler à la foule, entreprenant de corrompre les âmes les plus faibles. Pieter se disait que les musiciens devaient avoir constitué les premières victimes de ces diablotins malfaisants, tant l'harmonie de leurs ritournelles lui paraissait discutable. Mais aujourd'hui, de Pieter, il n'était point question. Le jeune homme s'était transformé en un gros ours brun. En s'observant dans le miroir de l'atelier, il avait constaté avec regret que sa silhouette n'était guère de nature à effrayer le plus timide des agneaux. Il aurait bien voulu montrer les crocs, mais un déguisement – même réussi – ne parviendrait jamais à transformer une personnalité. Qu'importe ! Le brave ours allait s'ébattre dans les rues de la ville, en quête d'imprévu, d'amour et de vérité.

Dépassant les échoppes des marchands de

noix, il fut enlacé par une étrange femme-serpent qui lui flagella le dos à l'aide d'un faisceau de roseaux. Impossible de l'identifier : déjà, un homme tout de noir vêtu lui lançait une pleine poignée de pétales de fleurs à la tête. Les pétales en question devaient être mêlés de gros grains de poivre, puisqu'il ne réussit pas à contenir une forte crise d'éternuements. Au loin, il aperçut le manège de deux soldats romains qui s'amusaient à faire peur aux jeunes filles, en n'oubliant pas de les trousser à la manière florentine. Arriva ensuite une horde d'hommes sauvages revêtus de feuillages qui poussaient des cris incompréhensibles. Pieter se mit à rire de bon cœur. Il regrettait d'avoir choisi un déguisement chaud, tant il commençait à étouffer sous ses amas de poils.

Dans le sillage des sauvages évoluait une jolie sorcière. Elle avait fort à faire pour contenir les assauts d'un petit diable rouge qui la taquinait avec sa fourche. Ayant remarqué son manège, un sauvage posa le pied sur la queue du diable qui déchira son costume, et trébucha aux pieds de la sorcière. Toute la troupe éclata de rire, au grand dam de l'infortunée créature de Lucifer. Piteusement, celle-ci récupéra sa queue et, sous les quolibets, s'en alla réparer son déguisement.

La sorcière en profita pour s'esquiver. Sa course l'entraîna devant la façade de la loggia della Signoria, où venait de se poser un ange étincelant. Elle entreprit de le séduire en se livrant à une danse étrange autour de lui. Il ne semblait pas insensible à ses charmes, mais s'apprêta néanmoins à fuir. Il allait réussir, quand la belle se saisit violemment d'une de ses ailes. Ce geste hostile alarma Pieter. Il s'élança vers ce couple réunissant sur terre les créatures du ciel et des ténèbres. La sorcière esquissa un petit geste. Elle sortit sa main de son ample manteau, tenant une fine lame que Pieter fut le seul à voir.

Bousculant une foule d'hommes-oiseaux, l'apprenti se heurta à un nain qui déboulait de la droite, poursuivi par un chien rouge bien décidé à s'emparer du morceau de viande pendant à sa ceinture. Pieter se dégagea et sauta sur la sorcière qui, sous la violence du choc, lâcha sa lame. L'ange restait immobile, hébété, ne comprenant visiblement pas ce qui venait de se passer. Pieter arracha aussitôt le masque de la sorcière, révélant le visage haineux de Maria. L'ange ne bougeait toujours pas, et une autre socière surgit derrière lui. Cette fois, Pieter ne réussit pas à l'empêcher de frapper, mais le coup n'atteignit l'ange qu'au bras. La douleur le fit basculer en arrière, et le second coup l'atteignit au ventre. Dans la cohue ambiante, nul ne prêtait attention à cette scène, qui pouvait très bien passer pour un simple simulacre de rixe. Une troupe de Barbaresques enchaînés commença même à les bombarder d'œufs et de noix. Pieter ne savait plus que faire. Laisser échapper Maria, et se saisir de sa complice ? Au risque de voir Maria s'acharner contre l'ange jeté à terre, à l'image d'une créature déchue ? Il décida d'assener un grand coup à la sorcière masquée et, se retournant, constata avec soulagement que Maria avait choisi de s'enfuir en courant.

Il se lança immédiatement à sa poursuite. Elle avait déjà une belle avance, mais les volants de sa jupe l'empêchaient de courir aussi vite qu'elle l'aurait voulu. Quittant la place, elle s'engagea dans les petites rues adjacentes, elles aussi noires de monde. La sorcière se glissait habilement entre les groupes, mais Pieter, malgré son encombrant costume d'ours, réussit à la rattraper. Dans un dernier sursaut, Maria obliqua et courut dans une impasse. Au fond de la ruelle attendait un roi des temps anciens, coiffé d'une couronne de plumes bleues.

– Sauve-moi, mon amour, sauve-moi !

Pieter tressaillit. Se pouvait-il que Leonardo soit mêlé à cette histoire ? À moins que les soupçons qui venaient de naître dans son esprit ne se confirment... Le roi se redressa et repoussa Maria d'un mouvement brusque.

– Tu es folle, femme ! Que me veux-tu ?

Une porte s'ouvrit et l'autre sorcière surgit. Elle était à bout de souffle, ce qui ne l'empêcha pas de crier :

– Je l'ai toujours su, Maria ! Il ne t'aime pas ! Il n'a jamais aimé que moi !

Elle vint se blottir contre le monarque emplumé qui la repoussa encore plus violemment que Maria.

– Que me voulez-vous, à la fin ? Je ne vous connais pas ! Pendant le carnaval, le fou est le roi de la fête, et je suis le roi des fous, le fou des rois !

Les deux femmes se jetèrent l'une contre l'autre, mais leur affrontement ressemblait davantage à une manifestation de dépit que de haine. Elles avaient aimé le même homme, et celui-ci les avait trahies. Désormais, plus rien n'avait d'importance à leurs yeux. Elles ne cherchaient même pas à s'enfuir...

Lorsque l'ange, à son tour, arriva au bout de la ruelle, Pieter jugea qu'il était temps de mettre fin à la mascarade.

– Bas les masques ! Si vous ne voulez pas les ôter, je le ferai à votre place. Il m'a fallu du temps, beaucoup trop de temps... Mais je vois enfin clair dans votre jeu.

Le jeune homme promena son regard sur tous les acteurs du drame réunis devant lui.

– Toi la première, tu as dû jeter le masque, Maria Sanguetta. Beaucoup de sang a coulé sur tes mains, et pourtant tu n'entendais pas mettre un terme à tes forfaits. Il fallait abattre Vinci, en le discréditant. Tu as résolu d'aller jusqu'au bout de ton entreprise diabolique. Tu as séduit le fils de Jacopo, le naïf Daniele. Pour te prouver son amour, il est allé jusqu'à assassiner un jeune inconnu au palazzo Campo, et à agresser Vinci afin de lui faire peur. Tu n'éprouvais pourtant envers lui d'autre sentiment que le mépris. Quand tu n'as plus eu besoin de son aide,

167

tu n'as pas hésité à brûler la cabane où tu lui avais fixé rendez-vous. Ton plan semblait marcher à merveille. Hélas ! tu ne pouvais pas imaginer que Vinci allait réussir à fuir, échappant à ta surveillance.

Maria arborait un air de défi et ne cherchait même pas à se défendre. Dans son regard, la volonté de revanche le disputait au mépris.

– Le plus triste, c'est que tu as réussi à faire croire à Leonardo que tu l'aimais. Il a été trahi par l'amour, et il a trahi pour l'amour.

Pieter détourna son regard de Maria, le dirigeant vers l'autre sorcière qui sanglotait derrière son masque.

– Comme je comprends bien la détresse dans laquelle sera plongé Leonardo quand il apprendra la vérité ! Moi aussi, je croyais avoir trouvé l'amour... Ce masque cache un autre démon, qui n'a pas hésité à prendre le relais de Maria lorsque celle-ci s'est retrouvée emprisonnée.

Pieter avait rassemblé tout son courage. La femme qu'il accusait à présent avait partagé sa nuit, et il lui avait déclaré son amour.

– Je ne voulais pas voir la réalité en face, Sofia. Pourtant, tu ne t'es guère montrée prudente. Tu t'es joué de moi. Tu pensais, non sans raison, que je constituais le plus facile des hommes à duper. Tu n'as pas hésité à tuer. Chez Vinci, tout d'abord, pour achever d'en faire le coupable idéal.

La sorcière baissa son masque. Ses yeux gorgés de larmes quémandaient le pardon, mais elle était trop honteuse pour le demander ouvertement.

– Mais pourquoi ? Pourquoi ont-elles agi de la sorte ? s'exclama l'ange.

Pieter tourna son regard vers le roi emplumé. Il avait perdu de sa belle allure, ne pouvait plus feindre l'indifférence avec autant d'aplomb.

– L'amour ! Le seul moteur de toute cette histoire. Ou plutôt, non, pas le seul. Il était accompagné de son inséparable compagne : la jalousie.

Les deux jeunes femmes se croisèrent du regard, puis fixèrent toutes deux l'homme qui les avait rejetées.

– Enlève ce masque de plumes, Milano. Tu es ridicule ! Maria t'aime. Elle t'avait assez entendu te plaindre de l'ombre que te faisait Vinci. Tu avais espéré que l'affaire Saltarelli en viendrait à bout, mais il n'en fut rien. Maria a alors décidé d'agir elle-même. Cependant, elle n'était pas seule à vouloir s'arroger les faveurs de ton cœur. C'était aussi le cas de Sofia. Quel succès auprès des femmes ! Et moi qui me sentais si fier, il y a peu encore, d'avoir séduit une jeune donzelle que je trouvais trop belle pour moi.

– Je ne comprends rien à ce que tu racontes. Tu divagues, Linden !... Je n'ai rien à me reprocher dans cette histoire. Essaye donc de trouver des preuves !

– Sur ce dernier point, tu as raison : il n'existe aucune preuve. Nul ne mesurera jamais ton degré d'implication dans cette machination. À moins que ces femmes ne se décident à parler, mais j'en doute. Quand l'amour pousse à commettre de telles folies, on ne peut compter sur des confidences... Personne ne pourra jamais prouver que Sofia s'est rendue à l'atelier de Verrocchio pour te voir, la nuit même où Vinci est venu y récupérer du papier et de la peinture. Sofia aurait bien aimé se débarrasser définitivement de ton rival, mais elle me trouva sur son chemin. Finalement, c'est moi qu'elle a essayé de tuer. Je ne saurai jamais à quoi je dois d'avoir la vie sauve. À un remords de sa part, peut-être...

Les deux sorcières demeuraient côte à côte, immobiles. Tout en boitant et en se tenant le côté, l'ange vint à leur hauteur et prit la parole :

– Tu le vois bien, Pieter Linden : les anges sont capables de s'envoler sans passer par les portes ! J'espérais que tu comprendrais ce message en voyant mon déguisement...

– Tu devais pourtant t'attendre à ce que tes ennemis le décodent aussi facilement que moi.

Vinci ôta son masque blanc. Malgré ses traits tirés par la douleur, son expression apparaissait étrangement sereine. Le cauchemar était fini...

Un gamin arriva en courant dans la ruelle.

– *Signor fiamingo ! signor fiamingo* ! Je l'ai trouvé, il arrive !

Un squelette noir le suivait, flanqué de deux hommes en armes.

– Que se passe-t-il ? Ce gamin est venu me

chercher. Il m'a dit que tu voulais me voir et que je devais te rejoindre armé...

Pieter serra la main de Leonardo.

– Ordonne à tes hommes d'arrêter ces deux femmes et de les conduire en lieu sûr. Ne me pose pas de question et suis-moi. Je te raconterai tout en chemin. Il nous reste deux hommes à sauver.

Les trois hommes sautèrent sur des chevaux et, au prix de mille difficultés, un drôle d'équipage se fraya un chemin à travers la foule pour quitter la ville. Étrange tableau que celui d'un ours flanqué d'un ange et d'un squelette, chevauchant à travers la campagne toscane avant de pénétrer dans le bois. Vinci souffrait de sa blessure, et il manqua plusieurs fois de perdre connaissance pendant tout le temps que dura le trajet. Ils arrivèrent enfin en vue de la petite maison de la grand-mère de Maria. Elle sortit de la masure et, jetant un coup d'œil sur ces visiteurs importuns, reconnut Vinci.

– Ah ! tu es là, l'artiste ! Que je suis heureuse de te voir ! Toi, au moins, tu seras sauvé.

Pieter sauta de son cheval.

– Il le sera si tu ne t'enfuis pas, et que tu prends soin de lui. Il a une méchante blessure. Si Maria s'était montrée plus habile, je puis t'assurer que tu ne l'aurais jamais revu vivant.

– Ta langue de vipère ne colporte que des mensonges. Ma petite Maria n'a rien à voir dans tout cela. Ce sont les hommes du *procuratore* qui lui veulent du mal. D'ailleurs, ils nous rendent la vie infernale, et nous devons nous défendre !

La vieille avait haussé la voix et crispait les poings. Puis elle se calma, et se dirigea vers Vinci.

– Je connais une décoction de plantes des montagnes qui lui fera beaucoup de bien.

À l'intérieur de la maison gisait Torri, allongé sur une paillasse. Pieter courut vers lui.

– Torri ! Torri !

– Rassure-toi ! fit la vieille. Je l'ai simplement endormi pour qu'il me laisse tranquille. Je les connais mieux que personne, ces hommes d'armes, ces âmes damnées du *procuratore*. Cela fait des années qu'ils ne poursuivent qu'un seul rêve : me brûler, moi, la terrible sorcière. Ensuite, ils ont dirigé leur colère sur ce pauvre Vinci. Avant de s'acharner contre ma petite-fille, ma chère petite Maria.

La vieille fondit en sanglots mais elle n'en oubliait pas sa tâche pour autant. Elle alla chercher la fameuse décoction pour panser les plaies de Vinci.

– Si vous tenez à le ramener à la conscience, faites-lui avaler le contenu de la fiole rouge posée sur la table.

Pieter posa les yeux sur le flacon, puis interrogea du regard Leonardo qui opina doucement. La vieille n'avait guère intérêt à leur jouer un mauvais tour. Pendant qu'elle soignait le peintre avec patience et douceur, le *condottiere* revenait lentement à la vie.

28

L'entrevue avec le *procuratore* fut sobre, pour ne pas dire glaciale. L'homme de loi avait peu de motifs de satisfaction : à ses yeux, Vinci avait toujours constitué le coupable idéal, et aucune charge valable ne lui permettait de poursuivre Milano. Il lui restait deux femmes ayant agi par amour... Piètre résultat, pour qui voulait voir dans toute cette histoire une sombre machination visant à éprouver la morale de la cité. Pour ne rien arranger, Torri venait de lui annoncer son départ. Son *condottiere*, sa créature patiemment façonnée, l'homme qui, hier encore, lui vouait la plus grande des admirations, avait décidé de le quitter ! Colpa se sentait meurtri, bafoué. Comme à chaque fois qu'il se jugeait en position de faiblesse, il avait opposé à ses interlocuteurs un silence méprisant. Il lui faudrait bien se contenter de la mort de Michele pour combler sa soif de moralité publique. Il ne lui restait plus que ce seul bouc émissaire.

Torri, Pieter et Leonardo quittèrent rapidement la demeure du *procuratore* et se retrouvèrent dans la rue.

– Mais enfin, demanda Torri, comment donc expliques-tu la manière dont Maria et Sofia ont à chaque fois réussi à s'échapper ? Jusqu'au bout, ce mystère m'a empêché de découvrir la vérité.

– Aucune sorcellerie là-dessous. Il suffisait de convaincre quelques complices, par le charme ou par l'argent, afin d'emprunter les clés au bon moment. Aucune difficulté avec Daniele, et pas très compliqué non plus avec le domestique du palazzo Campo. Quant à la logeuse de Vinci, elle l'a toujours détesté... Pour ce qui est du baptistère, enfin, il faut bien avouer que le vieux prieur a le sommeil profond !

– Et les victimes ?

– Il s'agissait de jeunes garçons issus des quartiers les plus pauvres de la ville, appâtés par quelques malheureux ducats. Pour les tuer, Maria, Sofia et Daniele ont utilisé des couteaux comme en possèdent les bouchers lorsqu'ils veulent découper de fines lamelles de viande. Leur tranchant est redoutable. Ces pauvres victimes n'ont jamais constitué que les instruments innocents de l'entreprise de diffamation menée contre Vinci.

– Tout cela paraît tellement diabolique ! Et Vinci, que compte-il faire ?

– Il a résolu de quitter Florence. Il partira dès que Verrocchio aura achevé son David. Cette affaire nous a tous meurtris. Leonardo voudrait changer d'air, et je juge moi-même avoir appris tout ce que j'avais à apprendre dans cette ville. Et toi ? Tu es sans travail, à présent...

– J'ai d'abord pensé regagner Naples, mais depuis la mort de mes parents, je n'y ai plus d'attaches. En tant que *condottiere*, je puis me vendre au plus offrant. Alors si vous avez une destination à me proposer...

Tout en discutant, les trois hommes étaient

arrivés en vue du *duomo*. Comme au premier jour, Pieter s'émerveilla de sa beauté.

– C'est étrange... Dans cette ville, tout semble conçu pour le bonheur, et pourtant aucun de nous n'y a trouvé sa place. Il me semble que la fière cité sur l'Arno nous a rejetés, implacablement.

– Un peu comme une belle femme que l'on croit avoir séduite, et qui résiste obstinément à nos avances.

Constatant la mine triste de Pieter, Torri s'excusa :

– Pardon, Pieter. Je ne voulais pas réveiller de malheureux souvenirs.

Pieter lui administra une grande tape dans le dos.

– Ne t'en fais pas, il me faut bien apprendre à m'endurcir. Ah ! Je me suis laissé dire que les femmes de Paris présentent moins de danger que celles de Florence... L'un de mes cousins a établi un négoce de tissus dans la bonne ville du roi de France. Il acceptera volontiers de nous héberger.

Leonardo frappa dans ses mains.

– Paris ! En voilà une bonne idée ! Si tu supportes encore ma présence, et si tu ne redoutes pas trop mon penchant pour l'amour des femmes, je suis ton homme !

Pieter sourit à la perspective de ce nouveau voyage. Il lui permettrait peut-être de chasser les souvenirs pénibles de cette ville, pour n'en conserver que les bons. Et puis, ce trajet le rapprocherait de sa Bruges natale. Il reviendrait peut-être un jour dans cette ville, tout auréolé de sa gloire de peintre.

LEONARDO DA VINCI ET VERROCCHIO
À FLORENCE

L'artiste idéal de la Renaissance était un créateur complet, capable de passer avec un égal bonheur de la sculpture à la peinture, quand il ne s'essayait pas aux sciences ou à l'architecture. Il ne faut donc pas s'étonner que Leonardo da Vinci – le plus emblématique des artistes de cette époque – ait accompli son apprentissage chez Andrea del Verrocchio, lui-même rompu à tous les arts.

Verrocchio avait vécu une jeunesse agitée – il fut accusé d'avoir tué un ouvrier de la laine en lui jetant des pierres –, mais il parvint à se faire une place de premier plan parmi les artistes de Florence, révélant un talent particulier pour la sculpture et les arts décoratifs. Son atelier vit défiler des artistes aussi renommés que Vinci, Botticelli, le Pérugin, ou encore Ghirlandaio. Il y régnait une atmosphère unique, digne des compagnons du Moyen Âge. Les apprentis n'hésitaient pas à s'aider, et passaient de joyeux moments à jouer du luth quand l'envie leur prenait.

Il n'est pas toujours facile de dissocier l'apport du maître de celui de l'élève, mais les historiens de l'Art s'accordent généralement à reconnaître que dans la composition du *Baptême du Christ*, l'ange a été peint par Leonardo da Vinci dont le génie surpassait le talent de Verrocchio.

Si celui-ci avait tendance à traiter ses compositions comme une juxtaposition de figures sans lien véritable, Leonardo da Vinci veillait toujours à susciter un sentiment d'harmonie. Là où Verrocchio aimait mettre en valeur les ossatures, les tendons et les veines, dans une exacerbation de perfection formelle qui n'était pas sans évoquer l'idéal gothique, Leonardo privilégiait un modelé plus doux, répondant davantage aux canons de la Renaissance et à l'évocation de l'antique.

Une rivalité artistique opposa peut-être les deux artistes – on raconte même que Verrocchio ne voulut plus reprendre le pinceau après avoir découvert l'ange peint par Leonardo dans son *Baptême du Christ* –, mais cela n'empêcha pas Verrocchio de défendre le jeune Leonardo aux prises avec la justice dans la sordide affaire Saltarelli. Ce dernier, jeune modèle de 17 ans mais aussi prostitué notoire, aurait été sodomisé par Leonardo et trois de ses condisciples. Aucune preuve ne put être apportée de la culpabilité des jeunes artistes, tandis que les familles et Verrocchio lui-même leur apportèrent leur soutien. Ils furent finalement blanchis, mais Leonardo conserva une meurtrissure profonde de cet épisode. Il l'avait échappé belle. Quelques années plus tard, il aurait risqué rien moins que le bûcher, puisque l'intransigeant prédicateur Savonarole estimera alors que tous les homosexuels méritaient un seul sort en ce bas monde : celui d'être brûlés.

BIBLIOGRAPHIE SOMMAIRE

Dictionnaire de la Renaissance italienne, sous la direction de J. R. Hale, Thames & Hudson.

La Peinture de la Renaissance italienne, James H. Beck, Künemann.

Léonard de Vinci, Bruno Santi, Scala.

Léonard de Vinci, Alessandro Vezzosi, Découvertes Gallimard.

Léonard de Vinci, Jean-Claude Frère, Terrail.

Les Médicis, Pierre Antonetti, Que sais-je ?.

Imprimé en France sur Presse Offset par

BRODARD & TAUPIN

GROUPE CPI

La Flèche (Sarthe), le 27-09-2000
Dépôt édit. : 6853-10/2000
N° Impr. : 4335
ISBN : 2-7024-9686-5
ISSN : 1281-458X
Édition 02